吃的智慧

食亦有知 味犹长

李继强 著

華中科技大學出版社
http://www.hustp.com
中国·武汉

图书在版编目（CIP）数据

吃的智慧：食亦有知味犹长 / 李继强著. -- 武汉：华中科技大学出版社，2020.10
（2023.6重印）
ISBN 978-7-5680-6547-4

Ⅰ.①吃… Ⅱ.①李… Ⅲ.①散文集—中国—当代②饮食—文化—中国
Ⅳ.① I267 ② TS971

中国版本图书馆CIP数据核字(2020)第153075号

吃的智慧：食亦有知味犹长 李继强 著
Chi de Zhihui：Shi Yi You Zhi Wei You Chang

策划编辑：刘晚成
责任编辑：刘晚成 肖诗言
责任校对：阮 敏
责任监印：朱 玢
装帧设计：璞茜设计
出版发行：华中科技大学出版社（中国·武汉） 电话：（027）81321913
武汉市东湖新技术开发区华工科技园 邮编：430223
印 刷：武汉精一佳印刷有限公司
开 本：710mm × 1000mm 1/16
印 张：20
字 数：220千字
版 次：2023年6月第1版第7次印刷
定 价：59.80元

華中出版
本书若有印装质量问题，请向出版社营销中心调换
全国免费服务热线：400-6679-118 竭诚为您服务

推荐序：从吃中寻找生活的智慧

认识李继强老师，是因为一个中国人吃螺蛳的话题。我是浙江人，李老师是湖北人，我们的家乡都是爱吃螺蛳的长江流域大省。我们谈起对螺蛳的认识，继而对比浙菜和楚菜在文化、历史、物产、习俗上的异同。李老师从文化、历史的角度解读菜系的选材和口味，探究其背后的地域性格。能拥有这样宏大的视角和格局，对一个美食家来说是难得的，也正是这样的美食作家，才能写出《吃的智慧》这样优秀的作品。李继强老师的学问、见识让人钦佩，使我顿生相见恨晚之感。

翻开《吃的智慧》，顿感一股清风拂面——好多年没有看到这样的美食书籍了。

与普通的美食图书不同，《吃的智慧》里，既有对美食的真切感悟和理解，也有制作美食的独门秘籍和方法，更有健康美食的观点和指引，最后作者将美食落脚在生活的趣味上，渗入生命的感悟中，从吃中折射出其人生的价值观、生命观、生活观和幸福观。书中观点颇有趣味性，又系统地传达了人为什么吃、怎么吃、吃什么、怎么才能吃好的美食观点，让人读完后，对“吃事”多了一些感触，有了下厨房做饭菜的冲动，对美好健康的生活也有了一些新的认识。再忙也要回家吃饭，在一日三餐中，为每个人的健康长寿打好基础，体味逝水年华和人生的道理。

《吃的智慧》还是一本行旅集、风物录，他写到了秦淮河畔的江浙小馆、开封夜市的市井风貌、台北街头的宝岛风味，也写到了意大利的粗犷牛排、西班牙的喧闹菜市、日本的精致寿司。作者将他的足迹、阅历、生命体验，凝结在了这本书里，它是一场美食的盛会，更是一次“读万卷书，吃万里路”的风物之旅。

书中对各类“知食分子”的描述很有趣味，他（她）们个性鲜明，将生活和美食结合起来，字里行间传达着生命的真味，超凡脱俗而颇有见地，让人动情而感怀。李老师笔下的能人对美食的情怀，同样也触动了他，带给他生命的感动。

和西方不同，中国的美食格局来自于既能处庙堂之高，也能处江湖之远的知识分子。数千年来，掌握着社会舆论话语权，有眼界、有情趣的文人士大夫、高级知识分子，缔造了具有中正典雅、包容平和个性的中国饮食。从《山家清供》到《遵生八笺》，从《闲情偶记》到《随园食单》，知识分子的眼光，遴选着中国菜的高低优劣，也树立起“民以食为天”的价值观。

李老师作为师长，濡染了浓厚的中国文人气质。在《吃的智慧》里，他以诗化的文字生动地记叙了美食中的思想和情怀。他以饮食为标的，谈人生价值，谈养生理念，谈生活美学，把“吃”这一对多数人来说是满足口腹之欲的行为，上升到人存活于世间的生命态度。对思想者来说，他们可以通过看书中的美食来收获思想；对吃货们来说，他们可以从书中闻到真切的烟火气息，甚至从这位资深大厨的字里行间，窥到不少烹饪的技巧与菜品制作的真谛。本书看似是在讲“吃”，实则是在讲文化、生活和世故，更多的是在讲信念和情怀。读完既令人长见识，又令人感动。

《吃的智慧》文风自然，语句平实，娓娓道来，如数家珍，将美食生活呈现出趣味，读来不倦不腻，令人真情涌动。作者笔下的美食，有着自己的气质，读起来令人食欲大增，有一尝为快的感受，同时，作者处于喧嚣尘世却依旧不失品味生活的雅兴，这也让人感慨。书中小吃大餐，丰富多彩，作者对美食的情怀之深之广，令人折服。感谢作者用轻松的文字，让我们在美好的事情中感受生活的种种。让人看过千山万水，仍然愿意洗手做羹汤。

伊坂幸太郎说：“在意体重对食物来说很失礼。”吃是一种修行，也是一种经历。从某种程度上来讲，李继强老师的这本《吃的智慧》，正是教导我们如何沉下心来，把眼睛从纷繁的世界挪开，先关注食物本身。最食人间烟火色，且以美食慰风尘。只有看清楚、看透了食物的模样，才有可能以小见大，洞察这个世界的真相。最终，餐桌边的一蔬一饭，舌尖上的一饮一啄，会为我们津津有味地一一道来关于世界的真相。

美食文化作家
中央电视台科教频道《味道》栏目创意顾问
魏水华

自序：热爱美食是对生活的态度

香和味的相遇，成就了美食的味道，美食和人相逢，碰撞出了生活的烟火气。食物从好吃到吃好，需要智慧。

人总是有无限潜能，在特定的环境中便能激发出来，就像2020年年初，许多中国人被困家中，从而触发了厨艺潜能，诞生了许多“美食达人”，朋友圈每天见得最多的状态便是美食秀。大家对厨艺的热衷是一种对生活本质的回归，最终都成为 “在认清生活本质后依然热爱生活”的英雄。

美食在中华文化的长河中熠熠生辉，传达着一代又一代民以食为天、食以味为先的美好生活情趣。中国人的处世哲学早已融入一日三餐中，渗透在五味调和里，激荡于天地人和的生命历程中，最终通过美食强调天人合一，重建自然与人和谐共生的美好新世界。

很早的时候，食物就在我的语言和感官里留下了深刻的印记。在孩提时代，我很幸运有烧得一手好菜的父亲，每到周末或者逢年过节，家里总是美食飘香，我时常在那热腾腾的饭菜香里垂涎欲滴，那种从闻香即饿到食后愉悦的感觉，我至今记忆犹新。

爱好旅游的我，走南闯北。先臭后鲜的毛豆臭豆腐、雅俗共赏的九转大肠、鲜到巅峰的蟹黄汤包、百吃不厌的鱼头烧凤爪、异域香甜酸爽的芒果鲜虾仁沙律、细腻柔滑的鹅肝，能品味到这些具有中西方文化特色的美食，也算是没有辜负老天赐给我的味蕾了。从小到大，在美食面前，我宁愿放弃抵抗，做它的俘虏，对它俯首称臣。

在日常的“吃事”中寄寓对生活和人事的感叹，这的确是中国传统文化的表达方式的精深之处。对生活热爱的人才会有对美食的感动。美食是我生活中的最爱，不管是出于年少时对美食的渴望，还是出于年长时对美食的情怀。我常将自己的经历和情感、价值和趣味糅进美文，通过美食来表达心绪，并赋予美食以健康、文化、性格和灵魂。希望每一个热爱美食的人都能获得健康、快乐和智慧，因为这种热爱甚至就是生活本身。

木心说：“生命好在无意义，才容得下各自赋予意义。”养育人生命的食物，本来没有意义，但当我们怀着对食物的敬重，用感恩的心来对待它的时候，食物也就被赋予美好的意义。食物和自然和人的关系，一直以来是大家追寻和思考的问题，只不过哲学家在仰天思考的时候，答案却在他们的盘子里。

本书以美食为主线，揭示了从“吃”到“好吃”，从“好（hào）吃”到“吃好”的饮食图卷中充满的人间烟火和生活智慧。《吃的智慧》既有对美食的认知，也有美食制作的秘籍；不仅有各类人群的美食健康理念，更有美食的趣事和观点的表达。我希望从美食的味道开始，触发人的感官的苏醒，进而在对美食的感悟中，大家一起走向对社会和人性的关怀，从中捡拾生活的美好与希望。

我寻找了一些在美食上有自己独特见解的人。怀着“盘子里有我的性格和精神”的意大利厨师安东尼奥；笃信“做素食也是人生的一场修行”的素食达人万鹰；坚守“宁可错吃，不可错过”的海外吃货傅中坚；传达“香味就是一切让人心情愉悦的味道”的香文化传播者张博建；信奉“生活也要艺术化”的画家马元；恪守“追求极致是一种人生态度”的茶人彭靖；坚持“舌头就是家常菜的刻度尺”的美食达人谢静。他们结合自己的特长，把对美食的观点以令人感动的细节表达出来，信手拈来，如数家珍，让我们感觉到美食和生活不仅如此贴近而且连接得天衣无缝，书中的美食的意义也因此更加立体而丰满，生动而有趣。

其实现实生活里，每个人都有着自己的美食主张。有的人想把自己打造成五味调和的中庸味道，以适应社会的生存，但苦于没有藕的“心眼多”，又不甘于大白菜的“直白和平淡”，倒是有点辣椒的“辣劲”，却少了泥鳅的“灵活”，对待美食，多少带着自己的“偏见与固执”。如果在职场中多一点馄饨的“起起落落”的心态，像面窝一样多留个“心眼”，职场境遇可能会改善许多。美食的“性格”也成就了每个人独特的人生哲理——“美食观”，读懂了它们，味道不仅入口还走心。

中国人的生活是有温度的，命运也有着自己的味道。美食和人生，生来就是圆融贯通，百味杂存的，当你自己消化了食物，也就看懂了

生机

人生。人生就是这样，回首向来萧瑟处，归去，也无风雨也无晴。热爱美食反映出一个人的生活态度和情怀。无论是东坡烹肉、李渔吃蟹，还是袁枚忆味，或者是张翰“莼鲈之思”，那些启示我们钟爱美食的人心中总是充满阳光，善于制作美食的人也一定生活得兴致勃勃，美食可以给我们带来更多前行和抚慰的力量。美食不仅仅是一种生活技能，也是一种生活态度，更是一种人生情怀。

近年来，我把自己对美食的思考和观点通过讲学予以传播，努力使美食从平淡无奇的锅碗瓢盆里折射出人生的智慧，让大家从一道道包含人生百态的美味佳肴中，找到开启美食智慧生活的密码。我的讲座受到大家的欢迎，纷纷找我索书，于是我有了出版《吃的智慧》的初衷。好在三十多年里，我喜欢用摄影和文字记录自己在美食上的所见所闻和感悟，并在《食品与生活》《楚天都市报》《武汉晚报》等多家媒体的美食专栏上刊发，这些为新书的出版打下了坚实的基础。

对美食的态度就是对生活的态度。当今的年轻人，产生了“咸鱼”、“佛系”、“喷喷群”解构压力，也产生了充满正能量的“小确幸”、“点赞”、“打 CALL”的积极心态。在美食上，他们认为只要看上去好吃或者只求好吃就行。他们有的一边放纵味蕾，一边“佛系”地养生。一些年轻人陷入仅凭网络评语来择食的饮食误区，好像沦为了“网络检索机器”，少了些对美食的思考，也就更谈不上对美食的理解和情怀了，这也激发了我出版《吃的智慧》的责任感。

本书的原名是自己想了很久的《慧吃》，想把“会吃”赋予智慧。编辑从出版的角度，认为《吃的智慧》更通俗易懂。目的一致就行。

作为一个文化讲坛的美食达人，我常常要求自己：菜肴做得好，才能讲得好。讲和写其实是不同的思维和能力的表达，一直在一日三餐的美食中做文章的我，或许做的菜比起讲座和写文字，还是更进味一点也未可知。

认真对待美食，就是认真对待生活，只要我们以生活的真诚热爱美食，就一定能遇到最美的期待。愿将此书献给帮助过我的师长、朋友，以及我的亲人。

让我们不仅知道怎么吃，还知道怎么活，更知道：学会吃好，生活才会更美好。

作者和美食爱好者交流的情景

目 录 CONTENTS

PART 1

食味半酣
意悠长

食之道，以食为天，以味入法，顺天时因地利，遵节气循心意。“道”是人们信奉的最高的生活原则。孔子推崇“食不厌精，脍不厌细”，“失饪不食，不时不食”。十六个字便将中华美食的精髓传给了后人，从东方哲学的高度告诉人们吃饭的要义。

在追寻美食之道的过程中，我们洞悉东方美学，探秘饮食智慧，从饮食到美食，从初之本味到无味之味。吃是一场深刻的人文对话，我们终将从中领略到“生命存于一呼一吸，而养于一粥一饭”的人生之妙。

1. 民以食为天

一个偶然的机会，我有幸得到湖南长沙龙育群老师的墨宝，他听说我致力于美食文化的传播，就一气呵成，写下了“民以食为天”的书法相赠。浓墨倾注于笔端，笔法中沉稳和空灵凝结一体，自然浑朴，深厚刚劲，韵味隽永，跃然纸上的是深厚的文化底蕴。当我问起其中的“民”字怎么没封口时，龙老说只可意会。我想可能是把言传的事留给我了。

中国饮食文化最早的理论基础应该是来自《史记·郦生陆贾列传》中提到的：“王者以民人为天，而民人以食为天。”东汉许慎在《说文解字》中说道：“天者，至高无上者。”过去人们认为食物是上天的馈赠，人们要看天吃饭，因此天既是气象也是天道。“民以食为天”

龙育群老师自然浑朴、刚劲有力的墨宝

不仅仅是中国饮食文化的核心，还是历代的立国之本，春秋的管仲曾给统治者建言：“仓廪实则知礼节，衣食足则知荣辱。”大多的变法和改革，都是围绕着农业、围绕着吃饭来进行的，饮食文化也得以薪火相传而生生不息。千百年来，人们为食而不停劳作，老百姓始终把“食”作为最大的天道。

饮食文化与农业文化紧密相关。从饮食到美食，是人类进化和精进的结果，也是社会的进步和发展的必然。人类从茹毛饮血的时代，到精耕细作的年代，经过了漫长的岁月。我们的祖先在进化的过程中，依靠觅食促使大脑进化。当人类开始使用火，人类的饮食习惯从茹毛饮血进化到熟食的阶段。而到了农耕时代，因为有了粮食种植和家畜饲养的技术，人们有了固定的住所，再也不用四处奔走打猎了，同时

因为体能的下降，农耕部落会遭到游牧部落的骚扰而发生战争。但农业生产和熟食的革命，使得人类在生产劳动之余，有了从事管理、艺术、文学和其他发明创造的时间和社会分工，人类社会也有了长足的进步和发展。

中华民族以五千年不间断的文化傲立于世界民族之林，从无数个自然灾害中挺过来，其中饮食文化功不可没。中国话和筷子是中华文化传承的象征和证明。筷子，是中国人从古至今都没有变过的吃饭工具。筷子尾部方、头部圆，代表天圆地方，用筷子吃饭，也是在和天对话。

改革开放四十多年来，“民以食为天”也发生了翻天覆地的变化。

有着天地灵气的金色稻田

我们的餐饮从54亿元增长到近4万亿元，增长约700倍；人均年消费从5.69元增长到2867.12元，增长约500倍。中国人从过去的用胃吃饭，到现在的用心品味，人们对美好生活的向往，越来越朝着精神的层面发展。

中国的饮食文化博大精深，饮食文化里深厚的“以和为贵”的思想、和谐包容的理念，已经成为世界人民了解中国的极好渠道，有人建议海外的中国孔子学院要开，中餐厅更应该多开几家，这其中的寓意就显而易见了。

民以食为天，较好地诠释了一个国家和人民赖以为生的根本。在吃这个天大的事上，以食为天也好，靠天吃饭也罢，其实更重要的是人们对食物的敬畏。“民以食为天”叙述的是食物和天的关系，传达的是人和食物的关联，教给我们饮食的基本法则和天人合一的饮食终极之道。我们会从唐代张志和的“西塞山前白鹭飞，桃花流水鳜鱼肥”中体味时令的食之哲学；从《礼记》的“夫礼之初，始诸饮食”中理解饮食的礼仪之道；从老子的“为无为，事无事，味无味”的至美境界中，理解老子的道德智慧在饮食美学上的应用。饮食不只是果腹的需要，而更多地给人精神和物质的享受。它不仅是我们的情感体现，更折射出我们的生活智慧、人生态度和价值观念。龙老师给“民以食为天”的“民”字留下一个口，也许是暗示人人都有一张吃饭和说话的口？我们不仅会吃，更有把吃的心得表达出来的愿望，甚至将食物供奉神灵和先人，这与其说是对宗教或祖先的虔诚，还不如说是对食物和味觉的膜拜。

碗的交响曲

吃饭从来不是一件小事，它关乎民生和政治。“民以食为天”揭示了吃不再是简单的生活，人们对它的认识应从实践的“行”，上升到理论的“知”，再到“知行合一”的文化融合。那一道道包含人生百态的美味佳肴，无关食材的贵贱和烹饪技艺的高低，都蕴含着难以言表的精神和情感寄托。吃不仅仅是生活的密码，更是生活的智慧，也是人生的意义之所在。

2.《诗经》也是一部“吃经”

有人说，《诗经》等于半部“吃经”，“桃之夭夭，灼灼其华”，“翘翘错薪，言刈其蒌”，“投我以木瓜，报之以琼琚”，字里行间都是野菜春蔬，都是食物香气。

随着电视剧《芈月传》的热播，不少观众对先秦文化和饮食风俗充满了好奇。先民们都吃些什么？其实，这个问题可以从先秦经典作品《诗经》中找到答案。《诗经》中记录了至少 30 种野菜时蔬：蕨菜、

荠菜、车前草、冬葵、香蒲、水芹、白蒿，等等。这些原本野生的蔬菜清香可口，其中不少被后人栽培食用，如苦菜、冬葵、荠菜、水芹、莼菜等。而我们现在老百姓餐桌上的普通蔬菜，在春秋时期却是贵族才能吃到的蔬菜，比如萝卜、芜菁、莲藕、韭菜等。

《诗经》中涉及的动物有 90 多种，其中可食的肉类十分丰富，从家畜到野味应有尽有，有的是狩猎得来的野兽，如《魏风·伐檀》："不狩不猎，胡瞻尔庭有县貆兮？"鱼也是《诗经》时代人们食用的主要肉食，如《陈风·衡门》："岂其食鱼，必河之鲂"。鲂，鱼名，即鳊鱼，如今是湖北地区有名的鱼了，毛泽东的"才饮长沙水，又食武昌鱼"和元代马祖常诗"携幼归来拜丘陇，南游莫恋武昌鱼"中的"武昌鱼"都是指的这种鳊鱼。

在三百多篇诗文中，用来比拟人的志向的实物有许多都与动植物有关，孔子评价《诗经》时说："多识于鸟兽草木之名。"这些能够

替古人言志的动植物，也成为华夏美食古谱中颇具名气的代表。

《诗经》里有太多的美味，时至今日我们还能感受到那久远的味道。先秦时代的人们对四时的美味的渴望，传达了一种对生活的热爱，那种对生活的热忱，我们可以通过食物感同身受。《诗经》里的美味我们无法一一道来，但大家现在熟知的食材——川渝一带盛行用来“烫火锅”的豌豆苗，咀嚼齿间留香的新鲜嫩绿的豌豆苗，原是一种叫作“薇”的植物，薇即野生的豌豆苗。《小雅·采薇》：“采薇采薇，薇亦柔止。曰归曰归，岁亦忧止。”表达了对食物生长的渴望和心中的忧闷。绿油油的豌豆苗，既是饭桌上美味的食物，又成为寄托相思的精神食粮。和着蔬菜的清香，古典的唯美向我们走来，直抵人性温暖之处。

《诗经》的《卫风·伯兮》还记录了一种蔬菜：“焉得谖草，言树之背。愿言思伯，使我心痗。”诗中所说的“谖草”就是我们今天美食中有名的四珍之一：黄花菜。黄花菜，学名萱草，又称金针菜、谖草、安神菜，而它最为浪漫的名字是“忘忧草”。《诗经》中的这一首诗说出了忘忧草的典故：有位妇人因丈夫远征，遂在家栽种萱草，借以排忧解愁，从此世人称之为“忘忧草”。据《本草经集注》记载：“萱草味甘，令人好欢，乐而忘忧。”可见，无论是出于浪漫的爱情故事，还是出于植物本身的功效，作为如今的美食菜肴，黄花菜都深受中国人的喜欢。

黄花菜全国各地都有培植，其中以四川渠县最为有名，被称为“中国黄花之乡”。湖北人其实很喜欢吃黄花菜，在传统的湖北菜“红烧

绿油油的豌豆苗

学名“萱草”的新鲜黄花菜

肉圆”里，黄花菜是必需的配菜，否则就不正宗。新鲜的黄花菜一定要焯水后才能食用。因为黄花菜有清热、利湿、消食等功效，所以与肉圆搭配起来，可以很好地去除鲜肉的油脂油腻，还能促进肠胃的消化，降低皮下脂肪含量，从而达到瘦身减肥的效果。黄花菜还有一个特点就是鲜，那种脆嫩的口感，鲜美的味道，入汤也鲜，入菜也香。所以一边吃肉圆子，一边吃黄花菜，大概就是“好吃不胖”的黄金秘诀，这种搭配也是湖北人自己摸索出来的饮食智慧。

黄花菜还可用于一道药膳汤，年纪大一点的女性，特别是南方女性都知道，那就是能够帮助产妇催乳的“黄花菜鲫鱼汤”。这道汤的主角就是黄花菜和鲫鱼，做法非常简单，就是一条新鲜鲫鱼，一把黄花菜，加水煲汤。黄花菜本身具有安神、健脑和下乳的功效，而鲫鱼蛋白含量高，肉质鲜美，能除湿补虚，二者结合，最适合产妇。所以《诗经》中的忘忧草，还在继续着它的浪漫传奇，温暖着我们的生活。

“蒹葭萋萋与苍苍，白露未晞又为霜。所谓伊人兮，宛在水中央。”有的酒店把《诗经》中的美食搬上了餐桌，盆景一般的色彩搭配，给人视觉上的享受，宛如溪边之露水蒹葭，美不胜收。美食是不是《诗经》的中心，其实并不重要，重要的是《诗经》它给我们带来了美的享受。

任何一部能够流芳百世的作品，都多少触碰到了人的内心。《诗经》中的美食不是因为思想深刻而触动人心，而是因为它触动了人心，所以才变得深刻。因此，读《诗经》就像是在读喜欢美食的我们自己。寻找《诗经》中的食物之美，就好像是在寻找自己的内心。一次次的感情触碰就是我们所寻找到的人文之美。

《诗经》的菜园里总有看不尽、吃不完的新鲜美味。有人说：“我们的馋，是从祖先那里遗传过来的。”其实，我们继承的除了这份馋，还有一份对自然生活的热爱。四时相依，天地同命。时代的变化并不以人的意志为转移，任何人或事都无法阻挡历史的变革；但饮食文化的传承是一个民族文明发展的需要，它延续不断是为了告知后世子孙我们源起的根本，并以此为傲。

干制的黄花菜

3. 四季而立，依节而食

中国农历历法中，二十四节气凝结了中华文明的精华和智慧。年和四季的划分最初由北斗七星斗柄的旋转和指向确定，斗柄绕东、南、西、北旋转一圈，谓之一“岁”，始于立春，终于大寒，如此循环往复。现行的二十四节气采用的是“定气法”：把太阳在黄道上的周期运动轨迹划分为二十四等份，每一等份为一个节气。无论怎样划分，二十四节气的名称都未曾变过，作为上古农耕文明的产物，它不仅在农业生产方面起着指导作用，同时还影响着人们的衣食住行，甚至是文化理念。

二十四节气歌[①]

春雨惊春清谷天，

夏满芒夏暑相连。

秋处露秋寒霜降，

① 引自《新华字典》第11版附录。

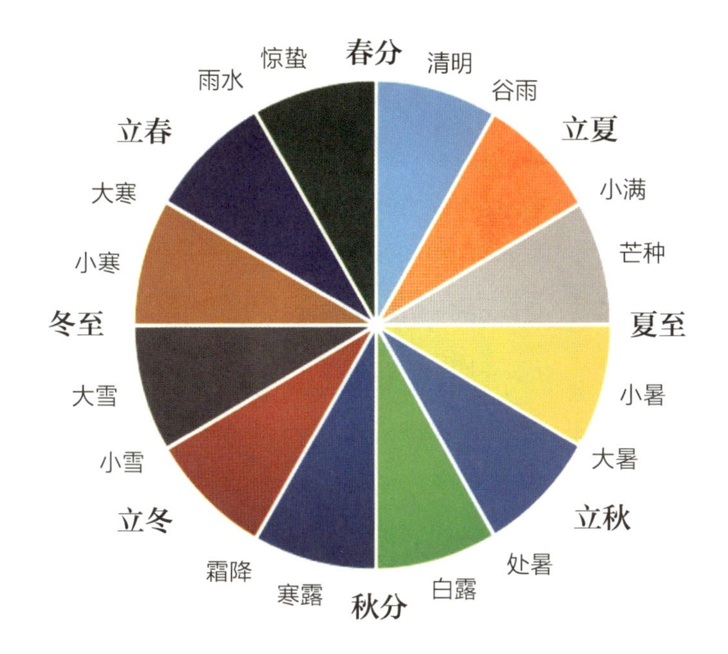

二十四节气图

冬雪雪冬小大寒。

每月两节不变更，

最多相差一两天。

上半年来六廿一，

下半年是八廿三。

虽然科技已经发展到能够将宇航员送到太空，但是老百姓对于二十四节气依然很推崇。一年四季的变化也在二十四节气中得到细致的对应。四季由“四立”开始，立春、立夏、立秋、立冬，演绎着四季的起始更替，一年又一年。其实人生也如同四季一般：童年如春季，初生萌动、无忧无虑；青少年如夏季，茁壮成长、活力四射；中年仿若秋季，收获成熟、稳重前行；暮年则是进入了冬季，深藏功名、宁静致远。这样的自然规律，不以人的意志为转移，参悟其中，便能理解“活在当下”是一种积极、乐观与豁达的人生态度。

中国人崇尚“因时而异”，这个“时”可以理解为时节。依照二十四节气来调整生活方式，其中对饮食的影响尤为突出，因为不同时节的农作物生长状况不同，人们能吃到的食材也就不一样。中国人讲究吃时令菜、不吃反季节菜的“老经验”以及孔子所说的“不时不食”，就是一种对于节气饮食的智慧总结。春生、夏长、秋收、冬藏这八个字，将二十四节气的饮食之法简明扼要地总结出来了，参透这8个字，就能够依据节气吃出健康与幸福。

春生万物。春季给人的感觉是气温转暖、多雨水、有暖阳。万物复苏，人们的味觉也从冬季的厚重中苏醒，身体需要排毒，多愁善感的情绪也需要用提升阳气的食物来排解。这时的身体如幼苗般需要滋润。因此，从立春的“咬春”开始，人们吃春卷、香椿炒蛋、绿茶烹河鲜、春笋烧肉，各色新鲜菜蔬一上市便被端上了百姓的餐桌。“鲜润”二字，是烹制春季美食的核心。诗人杜甫也以“夜雨剪春韭，新炊间黄粱”描绘蔬菜的新鲜，如同“好雨知时节”一样，新鲜的蔬菜也滋润了每个人的身心。

“苦夏”是人们对于夏季的评价，一个苦字便大有文章。“苦”可以理解为盛夏之酷热，暑夏高温的艰难；“苦”也暗指要安度夏天不妨多吃点有苦味的菜。《黄帝内经》记载：“五味入于口也，各有所走，各有所病。”所以中医推崇“五味入五脏”之说，其中苦味入心，具有解除燥湿、清热解毒、泻火通便、利尿及健胃等作用。这些功效针对夏季炎热的天气，能预防或缓解人体不适。苦味的菜不算多，其中比较被人熟知的就是苦瓜。苦瓜在广东地区又被称作“凉瓜”，鲜嫩的绿色看着就清爽。虽然苦瓜寒性较重，但是用来炒鸡蛋、炒牛肉，不仅可以减轻一些苦味，反而能增添更多鲜味，减轻油腻感，是很多百姓夏天餐桌的必备菜。“清苦”二字，是烹制夏季美食的要点。人生在成长期也应如此，在能吃苦的年纪，就不要贪图安逸，老话说：吃得苦中苦，方为人上人。

“贴秋膘”是人们迫不及待想做的事。这也是秋天丰收之时，人们对自己的犒劳。秋季干燥，气温下降，人们需要通过温补来增加热量，增强抵抗力。煲汤，是秋天最合时宜的烹饪方式。西洋参乌鸡汤、鱼头豆腐汤、莲藕排骨汤，或放些天麻、灵芝，或加点党参、红枣，又补又滋润的靓汤不仅能缓解秋天的肺燥，也能补充身体所需营养，让人们在忙碌辛劳的秋季，有体力投入工作，收获全年耕耘的回报。“滋补”二字是秋天美食的重点。沁入心田的鲜汤让人懂得，生活不止眼前的苟且，还有诗和远方。

“冬眠”是一件幸福的事。冬天的寒冷让一切都慢下来，时值岁末，就该享受全年辛苦付出后的收获。冬天的节日多，每次欢腾的庆祝都需要捧上美食来助兴。如南方的火锅和北方的炖菜，食物用沸腾的热气将人们内心的温度提升起来，锅里咕嘟咕嘟冒着的气泡，跳动着欢快的节奏。“蒸、煮、炖、烫”是冬季美食主要的烹饪手段，怎

春之笋为鲜来

夏之乳黄瓜

秋风起，螃蟹品

冬天像花一样的黑白菜

么滚烫怎么来。鸡鸭鱼肉成为餐桌绝对的主角，连女人们都抛弃了减肥的念想，给满足自己的美食之欲找到了完美的理由。酒成为冬季美食的最佳搭档。美食当前，不喝二两，都对不住亲人的好手艺。在寒冷之际，三五好友相聚之时，趁着好饭菜，也会小酌两口，所谓“晚来天欲雪，能饮一杯无？”是冬季聚会最好的意境。只是我是一个不会喝酒的人，常常是闻着酒香品着美味，也算畅快。

吃是一种智慧，也是一种情趣。祖辈们在吃上摸索和总结出不少经验，而这一切都是为了吃得健康。按季节选材，依时令而食，是中华美食博大精深的智慧所在。

4. 食无定味，适口者珍

林洪在《山家清供》记载宋太宗赵光义和状元苏易简的对话。太宗问苏易简曰：“食品称珍，何者为最？”对曰：“食无定味，适口者珍。臣心知齑汁美。”这段对话道出了每个人对味道的偏好不一样，这与孟子的“口之于味也，有同嗜焉”其实有着异曲同工之妙。适合自己的就是最好的，在这点上古今相同。

“与众不同”看似是一个褒义词，但有时人会有一瞬间的自我怀疑：别人都认为好吃，而自己却和大家的感觉不同。其实这并不是自己没有“品位”，而是美食里食无定味，不同的人感受味道时的心境不同而已。就像状元苏易简觉得，美味就是冬天里喝酒至醉倒，半夜醒来口渴时喝到的一坛腌菜汁。

品鉴从来都是一个很主观、很私人的体验。“甲之蜜糖，乙之砒霜”是当年唐玄宗对杨玉环的赞誉。同样的事物，每个人的看法都会不同，因为每个人都是不同的个体，当然也就会有不同的感受。对美食也是如此。“酸甜苦辣”的菜品味道，每个人的感受力都不一样。四川人无辣不欢，江浙人嗜甜如命，彼此交换一下，恐怕都觉得难以

淡然清水，人生百味

意大利佛罗伦萨的“网红店”扎扎牛排店

下咽。

2015 年，我在意大利佛罗伦萨“网红店”扎扎牛排店品尝有名的T骨牛排，在等待较长时间后，端上桌的是外形较大、肉质柔软多汁、略带血丝的牛排。当地人和有的中国人吃得津津有味，而我看到血红的牛排，则无法动手。牛排再好吃，我这个熟食主义者也无法接受，只能勉强地看着其他食客开心地吃着牛排。我想这更多的是关于味道的心理和心境所起的作用吧。

人总是在追寻适合自己的熟悉的老味道。也难怪旧上海的杜月笙去香港后，仍对上海的“糟钵头”眷念不已。熟悉的味道是需要结合文化的背景来理解的。一碗米酒桂花汤圆，那香甜的味道使人想起的是熟悉的妈妈的味道；宁波人做醉泥螺讲究湿润脆嫩、清香可口、酒香味浓，这是一代江浙人的最爱，因为海边的城市连空气都含有海鲜的味道，那也是融于城市灵魂的熟悉的味道；而北方地区的人，自然不太能接受酒味太浓的黄泥螺，但北京的豆汁，大口喝，热着喝，那一种荡气回肠的熟悉的味道，让北京人有种欲罢不能的熟悉的热爱。这些都是味道背后文化和习俗的力量。食无定味，在不同地域上体现得较为明显；适口者珍，在熟悉食物的味道上更能得到说明。把给人带来安全感和深厚情感力量的适合自己的熟悉食物称为珍馐，自然而贴切。

不同的食物，其味道自然不同。人的口味也千差万别，同一种食物，在不同的情境下吃，感受也不一样。相声大师刘宝瑞先生曾经有一段非常著名的单口相声——《珍珠翡翠白玉汤》，讲的是朱元璋的故事。朱元璋在当上皇帝之前，曾经被两个乞丐搭救过。乞丐把剩饭馊菜煮了一锅汤给朱元璋喂下，救了他的命。朱元璋在当上皇帝后，一直很怀念那道汤的味道，觉得是自己吃过的最好吃的食物。于是举国上下找来乞丐，再给朱皇帝做一次，并邀约文武大臣一起品尝。结果可想而知，吃惯了珍馐美味的朱元璋和权贵大人们，哪里能吃得了馊菜汤呢！这虽然是个黑色幽默的相声小段，从侧面也说明人在不同的状态下，有过不同的经历之后，哪怕吃同样的食物，感受也会大相径庭。食物本身没有变，变的不过是人心罢了，就像纳兰的那句经典诗词：“等闲变却故人心，却道故人心易变。”善变的还是人心。

曾有人写过一首诗：“隋炀不幸为天子，安石可怜作相公。若使二人穷到老，一为名士一文雄。”这说明了每个人都有自己的个性和特长，都有适合自己的生活方式，找到和找对人生才有精彩与幸福可言。

“食无定味，适口者珍”，每个人的视角不同，看到的风景也不同，其中“味道”如何，只有我们自己才知道。适合自己的熟悉味道才是真正地道的美食，适合自己的生活方式才是真正美好的生活。

鲜嫩多汁的牛排为大家所喜爱

5. 美味的中庸法则

中庸是中国特有的哲学智慧与思维方式。《论语》中，**孔子对“中庸之道”的精辟阐释是“过犹不及”。**中庸并不意味着无条件的妥协与让步，做“和稀泥”的“和事佬”。我讲座中也常讲，孔子说的中庸，并不是左脸被人打了，把右脸也给人打下，恰恰孔子说过：“以直报怨，以德报德。”在一杆秤面前，不同的人自然有不同的尺度。

中庸其实是善于调解各种不调和的因素，以寻求最佳的解决方式，实现内心的“中”与外在的“节”之契合，以达到“和”的大道。真正把握中庸思想的人，对问题的处理和理解力求达到“恰如其分”的境界。他们能做到因人、因事、因时处理问题，在心态上也能做到不温不火、不卑不亢、舒缓有致、进退有据。

2018 年年末，我应邀参加开封的一个学术讲座，席间餐桌有道红烧鲤鱼，菜品色泽浅黄，微微隆起的鱼皮带着亮芡，味道舒适，口感丰润，鱼皮带着油脂的芳香和特有的 Q 弹。就在鱼入口的刹那，平日对味道十分敏感，又喜欢发表看法的我，竟然一时语塞了，而“中庸”一词立马映入脑海。不是说这道菜的滋味平庸，而是我感受到了

咸中有甜、甜中有鲜的“中庸之味”——红烧鲤鱼

味道里咸与甜的博弈，糖盐的恰到好处，烹制的手法让菜肴鲜香怡人，咸甜适口。咸中有甜，甜中有鲜，你中有我，我中有我，和合至美。那一刻我忽然理解了中庸的思想含义，那恰如其分、不温不火、不卑不亢、舒缓有致的境界。

与之类似的还有谭家菜的黄焖鱼翅，其味道也很“中庸”。不是说它汤的滋味数平平之辈，而是指汤中咸与甜的口味相融适宜。如果从黄焖鱼翅的头一口汤中，客人能喝出来甜味或是咸味占上风，那么这道菜就是失败的。谭家菜的黄焖鱼翅鲜香怡人、咸甜适口，南北方的食客都能接受。

三千年前创造辉煌历史的楚国，全盛时期北到黄河，东达东海（上海公元前 306 年以后属楚国），西至巴蜀，南抵岭南（南越地区曾臣服于楚），在吸收、融合以及创新之中形成了楚国文化。从文化的发展轨迹上看，当时的楚国文化影响到了今天的湖南、四川、安徽、江西、河南、江苏等地。也难怪河南开封的鲤鱼焙面也好，湖北楚菜的瓦块鱼也罢，都是源远流长的楚菜的传承和发扬。纵观楚菜的历史和发展，楚菜的中庸特色的确需要引起我们的关注了。

楚菜发源自鱼米之乡，有长于蒸煨、鲜香微辣、融合四方等特点，其中“融合四方”的特点表明楚菜讲究不偏不倚、不温不火、浓淡适中，是以“融合”为最大特色的地方菜系。不同于其他菜系的做法，楚菜往往是肉鱼合烹，肉蔬合做，食材相互搭配，体现鱼米之乡的地方特色，凸显楚菜包容的特点。金包银的鱼肉圆子也好，沔阳三蒸的肉菜合蒸也罢，都很好地体现了楚菜兼容的特点。

楚菜也因此有着兼百家之长、适八方来客的适中味道，避免了过麻、过辣、过咸、过油、过甜，浓淡相宜。有人戏称，楚菜的味道像一个人挑个担子，前面是川菜，后面是湘菜，不小心摔了，两个菜的味道混合在一起，就成了湖北的楚菜。虽是戏称，但从侧面反映出楚菜味道包容的特色。特别是楚菜的咸中有鲜、鲜中有辣、微辣有度，较好地融合了四方的口味。楚菜的糍粑鱼就是其中的代表菜。

正因为楚菜有丰饶的食材作支撑，又不断地兼蓄包容，因而使楚菜具有强劲的生命活力。楚菜，既有北方菜的粗犷，又有南方菜的精细；既有粤菜的清淡，也有川菜的麻辣，可以说融合各大菜系之特长。楚菜以味道和营养的互补，以原汁、味浓、纯正、微辣、咸鲜之特点，正比肩川湘菜，辐射四方，走向全国。

楚菜用“以和为贵”的中庸思想承载着传统文化的精髓，彰显着楚菜文化的魅力，它在菜式上所体现的博采众长的特点，和“允执

融入了烹饪大师思想的糍粑鱼

鲜爽滑嫩的响油鳝鱼

湖北粉蒸鮰鱼

厥中”“执两用中”的中庸观点是不谋而合的。

古今中外，历史都证明，具有中庸品格的民族将在最后取得胜利，因为他们的行为和观念恰当适度、健全合理，可能在某一时刻他们的行为方式不是最好的，但从长远看来却是最恰当的。可以预期的是，有着三千年悠久的历史传承，承载着“和而不同”中庸理念的楚菜，以其兼容并蓄、海纳百川的包容精神与博大胸怀，在未来社会经济发展的进程中，将会有更大的作为和影响。

中国的美食已在海外立足和发展，它传播的是中国文化，更让东方的思想文化随着美食走进每一个人的心中。

6. 无味之味，乃是至味

广东的荔枝菌是美味的珍馐，因为时令的关系，只在荔枝节这几天有。荔枝菌只能是野生的，一年只有一个月左右的时间可以寻获到，所以特别珍贵，能有幸遇到算是我的缘分了。有一次亲戚邀我去吃荔枝菌，对美味好奇的我绝不会错过这个机会，于是坐动车赶到广州，再驱车去增城。因亲戚提前预约了，农家院的老板早就花大价钱从农民手里收来了荔枝菌。在农家院里，一个不锈钢的大条盘里盛满了传说中的荔枝菌。初品，对我这个来自湖北口味重的人来说，真的没什么太大的惊喜，只是觉得荔枝菌吃起来脆嫩，自然的、淡黄色的汤汁喝起来很清鲜，配上干烧的有滋有味的走地鸭吃倒是很搭。荔枝菌的汤汁充满了菇菌的鲜味，喝一口齿颊留香，而清蒸之后的荔枝菌也非常爽口，咬一口，带着清脆声，你可以充分感受到菌心的那份清甜。亲戚连说几次汤好喝，喜欢汤泡饭的我一连来了好几碗，觉得也还行。

好多时候，人们吃过美味可能出门就忘记了，因为也许还有下一个美味在等待。然而奇怪的是，当我离开了农家小院，回味荔枝菌的味道时，竟然无法忘怀那淡而无味的味道。这如昙花一现的美味，我

清甜脆嫩的荔枝菌

越嚼越香的紫苏干烧走地鸭

终于有幸品尝到了它的滋味。真是与菌（君）相逢，又不得不相忘于江湖。

当年乾隆皇帝下江南，久慕西湖龙井之名，特来杭州品饮此茶。待茶农泡好，乾隆初啜几口，竟没能品出个中滋味，失望之际在纸上写了四个字：“淡而无味。”接着，又喝了几口，才面露喜色。细看茶汤里面，汤色碧绿，茶芽直立，甚是好看。多次品饮之下，回味甘甜，唇齿留香，于是又写下：“无味之味，乃是至味。”这里的无味显然不是没有味道，而是指平淡之味。

平淡就是“无味之味”的全部含义吗？

老子认为：“为无为，事无事，味无味。”圣人能合自然之道，所以能“为无为”而又“无所不为”。“事无事”是说世间的一切事物，都有它的自然客观规律；“味无味”，世间万物皆有味，但味有真伪、浓淡之别。圣人以“道”为味，“道味”者，以淡泊清纯为味。“道味”不能咀嚼，全在心中领会品尝。看来老子是用淡而无味来形容圣人淡泊清纯的“道味”。

以生活中的常情去比喻，就像人要知味，必须首先从尝无味开始，把无味当作味，这就是“味无味”。

道是一种无味之味，而无味之味却是一种至味。“道”是最真实、最美的境界，无味之味就是最美的味道，这也说得通。

无味之味乃至味，很有老子“大音希声，大象无形，大智若愚”的意味。就像京剧高潮的停唱，话剧高潮的静默，西湖龙井的淡而无味，其实都是无味之味的阐释和注脚。也如同我们听一曲古琴弹奏时，

苍翠挺拔的竹

一个乐句与另一个乐句之间几乎稀不可闻的“余音”，似有还无。这种处在感官边缘的滋味，最是精微纤细，淡得几乎无味，却总让人意犹未尽，不用心领会是尝不到的。此时说的“淡”并不是表面上所说的味的单薄，而是一种饱满的韵味。这种感觉，如孔子云：“质有余者，不受饰也。”从有色上升到无色，从有味升华为无味，从而使朴素的本色味道成为至美。而淡，正是贯彻始终的一抹滋味，读懂了淡，也就理解了无味之味。

我常问别人：爱是什么味道？似乎什么味道都不能较好地诠释爱的高尚和伟大，好像唯有用“无味之味”的饱满韵味解释爱的味道，才让人释怀。

我们都有这样的体验：不论什么佳肴美味，不要说天天吃，就是连续多餐，也会腻的，这是味觉的疲劳所致。然而白菜我们却百吃不厌，这是什么原因呢？细细考量，可能无非就是一个“淡”字吧。白菜之淡，淡得单纯。也许，这正是白菜最宝贵的品格。也难怪齐白石对大白菜赞许有加。

古人说“大味必淡”，也是指“淡”本身没有什么味道，却是一切滋味的本原。五味之始，以淡为本。这种本味，可以同一切味相谋、相济，而不相侵、相扰。它平淡无奇，不自命不凡；它平易近人，不巧言令色。大味必淡，也是一种品质的体现吧。

江浙人喜甜，川湘人喜辣，山西人爱酸，天南地北，口味各异。不同地域的菜，我都爱吃一点，然而绝不能多吃。我曾多次去往杭州，甜食也是我的最爱，但顿顿甜食下来，还是吃不过三天。至极、过分

长沙龙育群老师的有一点味道的“味”字

的味道会令人口伤，反而不如平淡之味能使人持久不厌。

平淡之味并不是庸俗，茶汤不苦不涩、不张不抑，这种味道的调和，恰恰与平淡之味不谋而合。就像我们说简约而不简单一样，平淡是有内涵的平淡，更是一种韵味的呈现。古人很懂得淡的道理，比如“君子之交淡如水”。

无味之味是一种平淡却饱满的韵味，古人将平淡的味道引申到味道的淡泊，进而上升到“味之道”的高度。老子也借用味道来解释他的道，理解了味道的平淡和淡泊的感受，也就不难理解老子的“道”了。

我常把教师对学生的爱形容为“无味之味”，因为用任何可以品尝出的滋味来形容师生之间的爱，都不及“无味之味”贴切、深刻和意味悠长。

食材寻踪

荔枝菌，素有岭南菌王的美誉。一般长在荔枝林的白蚁窝上，白蚁吞食菌丝，从中获取养分，而它的分泌物也能滋养菌，助其生长，再加上酸性土壤环境、合适的温度和湿度，形成了二者独特的共生现象。

荔枝菌只能是野生的。一年只有一个月左右的时间可以寻获到，所以特别珍贵。一柄肥壮的荔枝菌，略呈纺纱锤形状，一般十来厘米，菌尖似一把收紧的小雨伞，这种待放状态的菌是最好、最鲜美的。

荔枝菌来之不易，处理起来也要特别小心。新鲜的荔枝菌因为破土而出，大都带着泥，而洗的时候不可以用硬物刷洗，因为这样很容易破坏菌体。

当地村民一般都会用牙刷轻轻地清走上面的泥土。沐浴之后的荔枝菌洁白可爱，这个时候就要马上拿去煮了。

荔枝菌的吃法最讲究一个鲜字，所以做法和搭配往往越简单越好。

当地人煮荔枝菌汤，最传统的做法是一点肉都不放，或是清蒸。荔枝菌味道鲜美，用来搭配其他蔬菜肉类也别具风味。

7. 生命一呼一吸间，情感一粥一饭里

蔡澜说：“有时，我们吃的不是食物，是一种习惯，也是一种乡愁。”许多食物之所以鲜美，甚而终生难忘，就因为里面添加了岁月与情感的佐料。我们烹饪美食的时候，同样感受着人间的万千关爱。

因为职业，好多朋友遇见我总说：“快快快，特级厨师，教我做几个好吃的菜，我好做给孙子吃。”最让人无法忘记的是，每每询问到美食秘方后，他们想要给家人做一道可口的美食时所传达出的那种爱和溢于言表的欣喜，我大多时候能看得出来和感受得到，也时常被这种真诚所感动。

美食是生活的智慧和幸福所在。我们准备给亲人做美食的时候，总是会在去菜市场之前或者路途上有个大概的构思，把家人喜欢吃的美食都逐一想想；而到了菜市场，面对五颜六色、琳琅满目的食材时，我们既要注重营养，又要注重色泽，还要注意口味，总是想买一点当季最新鲜的食材，为家人带来更多的惊喜和感动。种种的考量都是为了把最好的呈现给家人，此刻不用言语，我们的菜都变得有温度和深度了。民国的吃货汪曾祺曾说：“看看生鸡活鸭，新鲜水灵的瓜菜，

彤红的辣椒，热热闹闹，挨挨挤挤，让人感到一种生之乐趣。”我想为家人做美食、挑选食材时，不也是想把这种人生的乐趣带给家人吗？

而回到家中，我们往往怀着对食材的敬畏，花费心思做烹制美食的准备。用片丁丝条块不同的形状愉悦家人的视觉、用酸甜咸鲜辣的味道满足家人的味蕾、用煎炒煮焖煨让家人感受口感的变化，给亲人做菜，我们总是使出浑身解数，以做出最美的味道。

对家人的情感，也时常在美食中体现。煲汤时，总是想把至真至纯的味道熬出来；做甜品的时候，往往呈现的是化不开的柔情；甚至对美食的咸淡，也像接待重要的来宾一样，先用个小匙尝试着，感受鲜美是否呈现，生怕味道的变化让所有的努力都功亏一篑，那种小心翼翼，那种真情实意，想来就是温暖和幸福……

每一勺都是爱

美食端上餐桌的时刻，做菜的人一定会情不自禁地报上菜名，甚至会说这是谁最喜欢吃的菜，那是情感积淀后情不自禁的言语。此刻带着温度和温情的美食，在家人的期待中，从口传递到胃里，熟悉且鲜美的味道总是让人感觉那样美好。

面对满怀爱意的美食，我们不仅会吃出情感，更会吃出感动。只是你要记住，觉得好吃和感动的时候，一定要给做饭的家人说声谢谢，她（他）会在你的鼓励下，做得更好。

美味佳肴自有情，情感也是调味品。印度洋上最伟大的厨师、台湾人江振诚有一次在备受世界厨师关注的西班牙美食高峰会上演讲，他分享的是他对料理的初心，他说：一碗意大利面很简单，看起来就是一碗白面，如果告诉你这是八十几岁的老奶奶，用她的手使劲擀出来的，我们还会想到它是一碗白面吗？他道出的一个道理就是，我们有时候总是千方百计提升食物的味道，让味道刺激味蕾，让人们记得这道菜，然而我们忽略了一个很重要的事情，其实“情感本身就是做菜的人不可或缺也是最好的调味品”，人们会因为某个味道触发内心的感动，也会被这道菜背后蕴藏的深情所打动。

喜欢美食并不意味着一个人只知道追求纯粹的愉悦和享乐，更多的是感恩自然给我们的馈赠。美食是生活不可或缺的一部分，我时常赞叹我们老祖宗神奇的造字，生活的“活”字，不就是在用舌头来润泽我们的生活吗？看来我们真的不能辜负上天赐给我们的味蕾。

世间万物，沧海桑田，我们需要始终保持一颗淡然的心，珍惜一日三餐，善待一年四季。美食传递着爱的情感，从食材选购到制作，

生命存入天地间

融入了爱的温度，美食的味道就不一样了。无论游子在哪里，年少时妈妈做菜的味道，总挥之不去，深藏心底。因为美食伴随了爱，那味道才会深藏心底且终生难忘。一个人一生无论是有过波澜起伏的命运，还是平淡无奇的生活，最后总会发现，**人生最曼妙的风景，幸福、健康和快乐的秘密，竟是内心的从容与淡定，以及把爱的情感传递出来的美食记忆。**这也是我们喜欢美食的缘由。

8. 天时地利和为贵，四季和美藕来香

“柳影人家起炊烟，仿佛似、江南岸。”

“江上往来人，但爱鲈鱼美。”

“迟迟朝日上，炊烟出林梢。”

“纤手搓来玉色匀，碧油煎出嫩黄深。”

……

美食在中华文化的长河中熠熠生辉，传达着一代又一代人以食为天，脍不厌细的美好生活情趣。其实，中国人的处世哲学早就融入一日三餐中，伴随着我们一生了。

天时是自然的馈赠，跟着四季去买菜，四季的和美映照着人间的幸福。家庭主妇们一年四季在买菜这件事上倒腾着，厨师们根据天时来调整四季的食谱。

春天艳阳初照，嗅着味儿寻觅香椿的倩影；一畦春韭绿莹莹，春天的头茬韭菜滋味鲜美；鹅黄抹顶掌中呈——玲珑的豆芽也适宜春季，可疏肝养生；江汉平原的荠菜风味鲜美，但相较于香椿的醇厚之气又略显单薄。所以在春季，蔬菜大军的口号是只有更鲜，没有最鲜。

夏季烈日蝉鸣，到了满处自找苦（苦瓜）吃的时节了，红红的番茄和小龙虾相映成趣，青椒、丝瓜、毛豆青青绿绿，其间点缀紫色的茄子、金黄的南瓜……我们的餐桌上也因此五彩斑斓。秋来金风送爽，不仅有肥美的螃蟹“横行”餐桌一隅，还有丰收的瓜果，香芋、秋葵、扁豆则佐以鸡鸭肉类赶着集儿来给人们“贴秋膘”。隆冬寒潮扑面，羊肉火锅呼朋唤友闪亮登场，冬天的风雪中，大白菜、卷心菜、胡萝卜、菜薹和各色菌菇配以热气腾腾的汤羹温暖着人们的胃与心。岁月不居，时节如流，我们就这样跟着节气寻美食。作为自然之子的我们也应学会合理顺应天时，享受大自然的美好馈赠。

如果说天时是自然的馈赠，那么地利可以说是调和口味的哲学。一方水土养一方人，幅员辽阔的中华大地上，不同的地质与气候成就了不同的地域美食。我们坐拥的“鱼米之乡”“千湖之省”造就了楚菜以鱼馔为主、鲜香为本的特点，饱了楚人食鲜的口福。单守着这一池荷塘就享尽了“怎一个鲜字了得”的惬意与畅快。在小荷才露尖尖角的时节，塘中已经悄悄地孕育了鲜美的藕带，它们通体细长洁白，食之鲜嫩无比，别称银条菜。融合川菜技艺、猛火快炒而成的酸辣藕带，鲜辣脆爽，开胃解腻，每每应市必供不应求。接天莲叶碧，映日荷花红，转眼间盛夏来临。湖塘里日益粗壮的莲藕、荷叶中的莲蓬、水面的菱角合力捧出一盘至鲜的楚菜——荷塘三宝。这道菜其味之鲜美，其口感之清爽，如凌波仙子挑动着食客的味蕾。这时的藕我们称为荷花藕。当桂子飘香，金风送爽，桂花藕就上市了。在藕孔中填入香糯米，上屉蒸熟，待凉切片，蘸着桂花酱品于桂树下，那一份甜蜜

增一分则味浓、淡一分则味寡的排骨藕汤

绵长定是沁人肺腑的。秋高气爽，黄花满径，待到菊花盛开的季节，藕中的淀粉不断积累，此时的藕就可以用来炖汤了。湖塘中的藕也耐不住寂寞，在这寒冷的季节出塘邂逅鲜美的排骨，成就了楚菜头牌、湖北人爱喝的排骨藕汤的辉煌。

湖北作为“千湖之省”，仅藕就有五孔、七孔和九孔之分，其中比较有名的当属湖北浠水巴河藕，而潜江市王场镇黄湾村出产的“黄湾藕”也是当仁不让，“黄湾藕”既白又嫩，生吃清热生津，胜于水果；熟食健脾胃。每逢过年，潜江人各家各户都要以猪龙骨、筒子骨、藕为原料煨制一大砂锅藕汤，此汤首选黄湾藕。煨出来的藕汤，藕香粉糯，汤醇味美。相传当年乾隆皇帝下江南，路过潜江，吃了黄湾藕，信口吟诗两句：“一弯西子臂，七窍比干心。”诗中用美女的手臂比喻藕的外形，比干的“忠心”比喻单孔数，赋予了黄湾藕灵气。盛产

藕是湖北人心中的主角

带着泥土芬芳的藕

藕的湖北，后来居上的蔡甸的九孔藕也是令人喜爱的食材。

用自家的铫子（陶制的汤锅）文火慢煨的排骨藕汤是荆楚大地上的人们逢年过节待客的最高礼遇。在湖北人看来，寒夜灯下他乡游子喝上一碗排骨藕汤是最能慰藉思乡之情的。一碗地道的藕汤，滋味浓厚而不油腻，入口清鲜而不清淡，**增一分则味浓，减一分则味寡**。排骨莲藕汤是湖北的味道，是故乡的味道，也是家的味道。人久别家乡后，回来吃一口熟悉的美食，魂才觉得归位，心才安稳，这是肠胃的饮食基因决定的，是小时候的味道带来的安全感。对从小吃得多的食物，胃里面有与之匹配的消化酶，因此遇到熟悉的食物，消化比较顺畅，自然感到美味可口。

穿越四季，跨山越海，只为寻找家的味道。中华传统文化博大精深，溯其源讲究天人合一的“合”字；中式菜肴源远流长，究其根强调五味调和的“和”字，两者一脉相承。具体到每个中国人的日常，我们发现这是“和和美美”中的“和”！这是活色生香中的“活”！这也是珠联璧合中的“合”！无论是过去、现在还是将来，美食都以其独特的方式成为人与人之间最紧密的连接方式。

一汪池塘荷花香

9. 熟悉的味道最动人

女儿读中学时，放学后的晚餐是她最期待的，做饭自然也是精通厨艺的老爸的事情。记得女儿一进门，闻到厨房飘出的菜香，总是立马用武汉话问："爸爸，你是不是在炒鱼香肉丝啊？"因为她喜欢这酸甜麻辣兼备、葱姜蒜香浓郁的美味，平日连我做番茄炒蛋时的酸香和糖醋带鱼时的咸香，也躲不过这个嗅觉敏锐的小吃货的鼻子。后来女儿即使在国外待了多年，回到家里，也总是要吃我做的菜，也许是熟悉的味道会激发味蕾，产生一种情感需要吧！

我的美食文化讲座常常也是以家乡的热干面来说明熟悉的味道的重要性。我常形容武汉人对热干面是那样的挚爱，对它，出门在外是魂牵梦萦，回到家乡是迫不及待，吃起来是津津有味，吃完了是欲罢不能。香醇的芝麻酱，劲道的口感，浓郁香醇的气息钻入鼻孔的同时也勾起了身体里每一粒细胞对这碗面的渴望，这是所有武汉人清晨时分最温暖的记忆，是早已经融入了骨子里的味道，以至于习惯到难舍难分。也难怪在家宅了几个月的武汉人最大的愿望，就是在可以出门的时候，第一时间去吃一碗那深藏心底、无法忘怀的家乡热干面。

融入武汉人灵魂的鲜香四溢的热干面

对家乡味道的喜爱是一代代吃出来的。武汉有香喷喷的热干面、外酥内软的金黄色的酥饺、小桃园的瓦罐鸡汤、福庆和的牛肉米粉、民生甜食馆的糊米酒、德华楼的年糕和酱肉包子、老通城的豆皮，还有带着葱香的油炸的面窝、苕面窝、烧饼和葱油饼，巷子里挑着卖的豆腐脑……武汉这个城市熟悉的地方和熟悉的味道，和我紧紧地联系在一起。这些老字号有的已经雄风不再，有的已经消失，但好在有的美食由一些师傅们的后辈传承下来，有的还能找到。只要品尝到这些家乡的美食，就可以让人完全放松心情，体味这个城市的味道。

对一个城市的记忆，吃货们记住的不是地标性建筑，也不是繁华的街道，回忆的箭头总是从食物开始。从古至今，无论城市如何发展，中国人都善于用食物缩短他乡与故乡的距离。能够真实体会“味道”的，不仅是我们的味觉，还有我们的心。不忘初心既是我们对家乡味道最好的诠释，也是我们通过美食文化所传递的中国人蕴藏在食物中的生存之道和人文情怀。

乡愁和食物有种天然的联系。周作人说：“小时候吃的东西，味道不必甚佳，过后思量每多佳趣，往往不能忘记。”我父亲做得一手好菜，周末时他把自己的爱好发挥出来，给家人满满的关爱。有时在晴朗的日子里，和着阳光的味道，那带着葱姜味和醋香的红烧鲫鱼，总是让我们大快朵颐，连菜汤都是泡饭的宝贝。鱿鱼烧肉里有特别浓烈的海鲜味道，粉蒸肉的红润和肥美，能让一周的开心通过美食得到记忆。但我印象最深刻的还是除夕晚上，全家人一起一直忙到凌晨才做出来的“肉圆子”，这是湖北人家家户户少不了的美食。刚炸好的肉圆，鲜香扑鼻，咬一口下去，满口的油香，带着肉鲜，以此来迎接新一年的时光。多年后，无论我在哪里，肉圆总是我忘不了的美味，吃起来就会有种似曾相识、触动内心的感受。

身处鱼米之乡，鱼圆也是我最熟悉的味道了。清代道光年间叶调元的《汉口竹枝词》记载了描述鱼圆的诗句：“鲜鳞如玉刮刀椹，汁和姜葱得味深。”这些年走南闯北，我接触的鱼圆不少，比较起来，江苏的鱼圆绵软鲜嫩，东北的鱼圆结实有劲，但我还是觉得湖北家乡

溢出油花的粉蒸肉

弹性和鲜美十足的鱼圆

的鱼圆最适口，弹性十足，软嫩得当，还是熟悉的味道最美味。我很喜欢解智伟老师的美食诗歌，鱼圆在他的笔下充满了情感：

剔一身的傲骨

搅出全部的黏性

如一朵白莲，开在温水中

两片青菜叶装扮成嫩荷

看碗里

浮起鱼的心结

我有幸尝过大部分地方的美食，这些美食，对我来说更多的是欣赏和好奇，觉得和自己家乡的口味不同而已，入口难入心。而真正能触及人心灵和灵魂的美食，还是家乡的味道，那熟悉的味道依旧是我们最难舍的牵挂。

有游子觉得外面的世界太快，就想回家，回家的路上，闻到熟悉的味道就知道自己到家了。只要回到家，吃上家乡的美食，便能安下心来，生活依然可以重新开始。这就是**熟悉的味道的力量**，不仅能使感悟和感动融进自己的生活，更给人信心和重新开始的勇气。

10. 美食因挑剔而有趣

人们常常把“挑剔”定性为贬义词，认为有这种习惯的人大抵分两类：一类是“事儿妈”，什么东西都能挑出毛病，大家都觉得过得去、还可以的事情，到了这类人眼里却有诸多问题；另一类是“装精”，用找茬和抬杠的方式显示自己的品位或专业。这个观点，我并不赞同。

我觉得挑剔是一种态度，它源于对事物有所要求。在食物上挑剔的人，生活往往更有秩序，做事也更有规划。不接受随便的食物，愿意在吃上认真的人，多数是很靠谱的人。

对美食的挑剔其实是双向的，既有挑剔的食客，也有挑剔的厨师。

金城武曾经在电影《喜欢你》里饰演了一个对于吃有着极其挑剔态度的食客。即使煮一包泡面，对时间、温度也有精确的要求。100℃的水温会令泡面丧失香味，面条3分钟就能煮透，却在将煮透和未煮透时最弹牙，关于一碗泡面，最美妙的是对煮面状态的掌控，因为上一秒和下一秒的面是不同的。面对惠灵顿牛排，他能吃出酥皮和牛肉之间的蘑菇酱用的是小褐菇还是大褐菇。法式煎牛排的酱汁带着日式抹茶的清香，他体会到的是茶道的一期一会的精神。面对吉卜

懂得美食的人，不会吃全熟的牛排；懂得爱情的人，不会许诺天长地久

赛女巫汤意面，他尝出厨师用花椒配柠檬，用香茅来改变季节感，又把味道做得很平衡。也难怪周冬雨扮演的大厨说，每个食物都有打开它密码的钥匙，对食物挑剔的人在乎的不仅仅是味道。电影《等风来》里，美食专栏作家挑剔五星级酒店的大厨，对烟熏香肠配藏红花意大利面的主菜，她指出大厨用全干的香肠来制作是失败的，因为这道主菜就是要用半干的香肠吸收藏红花的味道，她还准确地说出全干的香肠的卡路里是 372，半干的香肠的卡路里只有 285，后者对人更健康。虽然影视作品将这种“挑剔”进行了夸张和放大，但是现实中，正因

为有这样严格要求、挑剔的食客，才既促进了厨师水平的提升，也让食客挑剔的味蕾得到了满足。

挑剔的厨师，多是对技艺精益求精的人，因为挑剔，所以才会成就经典，这类人就是“匠人”。

美食界的匠人很多，顶级的那种被称为“食神”。纪录片《寿司之神》将日本料理大师小野二郎的严谨与挑剔的态度传到了全球。一个好的料理师，对于每一个细节，都有着近乎苛刻的挑剔，无论是材料的选择、加工，还是烹饪制作，每个环节、每个流程都是重复、改进、重复，直到那种精确成为一种肌肉记忆，植入身体。“寿司之神”小野二郎的寿司所带的温度、其上菜的节奏都让人无可挑剔。台湾名厨江振诚自创的涵盖 8 个元素——纯粹（Pure）、盐（Salt）、技艺（Artisan）、质感（Texture）、南方（South）、独特（Unique）、记忆（Memory）、风土（Terroir）的“八角哲学”同样令人无可挑剔，对此我只能发出赞叹。

五颜六色的寿司拼盘

潮州人在吃牛肉上也十分挑剔。脖仁，也叫雪花肉，是潮汕牛肉火锅的骄傲，它是牛脖子上的肉的核心部分，鲜红柔嫩的牛肉中密密地分布着雪白的油花，而这油脂带来了脂膏的肥美和细微的嚼劲，只要稍微涮一下，其口感肥嫩且具有弹性，这样吃可被誉为吃牛肉的最高境界。脖仁的产量非常少，一头 1000 斤的牛，往往只能切出一两斤的脖仁，而且还不是每头牛的脖仁质量都会好。因此，这种极品往往是可遇而不可求的。鲜甜而弹牙的吊龙，潮汕人叫它“伴仔”或“龙虾须”，也非常难得。匙仁之所以叫匙仁，并不是因为它的模样像汤匙，而是指牛肩胛骨上面托着的一块嫩肉的中心部分，可谓是嫩中取嫩，其脂肪含量比脖仁更高，肉质极为柔嫩甜美。肥胼为牛腹夹层肉，略带肥肉，食之却只觉肥香，而没有丝毫的肥腻之感。胸口膀是牛前胸的脂肪部分，只有大而肥的牛身上才有，看上去油得出奇，入口却是清甜间微微泛着牛油的香味，口感脆而爽口、带点韧劲，与“肥腻”两字完全不沾边。这些部位在火锅里烫制的时间各有不同，鲜嫩的肉烫约 8 秒即可，入口的刹那，有种魂魄散而复归的感觉。正是这样对食材挑剔的态度，才使得我们的味道得以

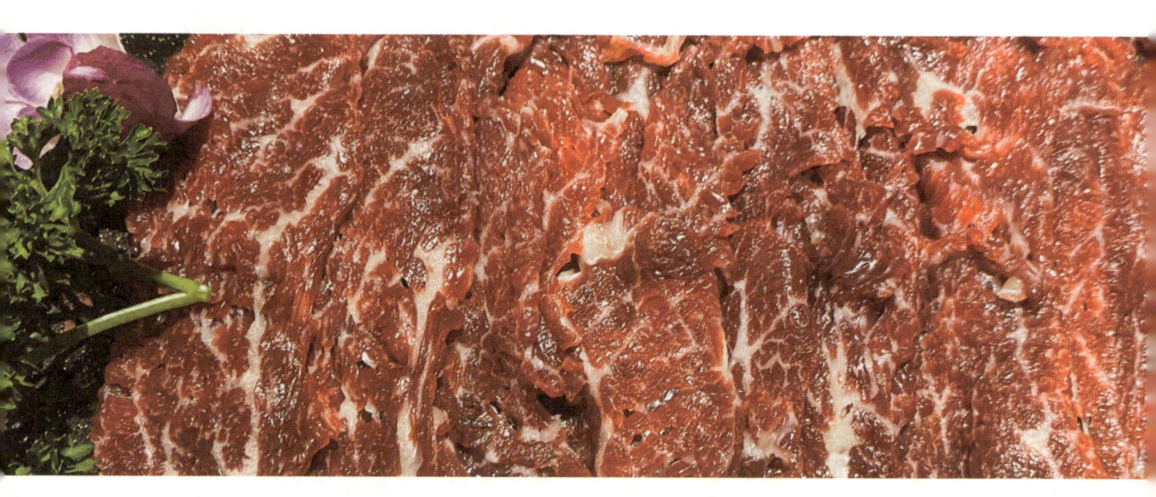

质嫩滑香的牛后腿的匙仁肉

保持，美食的文化得以传承。

川菜如果没有对郫县豆瓣的挑剔，也成就不了鱼香肉丝的经典之名；广东菜如果没有对鲜活的食材的挑剔，也成就不了“食在广东”的美誉；鲁菜如果没有对火候等技艺的挑剔，也成就不了其最见功力的美名了；苏菜如果没有对精致的挑剔，哪来其玲珑精巧的特色？但我坚持认为，对美食挑剔的最高境界是至简与归真。我不认为好的美食需要无止境地追求食材的高端稀有性，在烹饪上追求过多的繁冗的技巧，真正的美食是以容易得到的食材做出惊人的味道，让人挂念，成为流传的经典。每一道菜背后都有一个有趣的故事和一个对美食挑剔的灵魂。对美食的挑剔往往从食材开始，再在制作工艺上下功夫，最终在呈现上赋予美食意境。

在生活中，对食物最挑剔的是孕妇和孩子的父母。这种挑剔其实

入口“爆浆”的牛肉胸口膀部位

是一种深沉的爱与责任。他们对孩子的饮食非常认真，注重营养搭配和安全健康，同时也要使食物尽可能的多样和美味。为人父母，是每天家中起得最早的人，也是对家里食物最熟悉的人。厨房就是阵地，他们对食物的了解和辨别能力堪称专业。是对家人的爱和责任让他们练就了一身厨艺，用“挑剔”的态度保卫家人的健康。

只有对每件事认真地“挑剔”过，才能游刃有余地笑对生活。品位因为挑剔而不凡，思想因为挑剔而出众，生活因挑剔而有趣。在生活中，只要在正确的事情上挑剔，都不失为一种美德。

11. 玩食和老饕

职场有圈子，爱好也有圈子，圈子内追求的是共同的利益，不是圈子里的人，再怎么努力终究是局外人。怎么表明你真的融入了一个圈子？就爱好而言，你需要懂这个圈子的“语言”。小时候看《林海雪原》，觉得杨子荣和土匪对黑话特别带劲。暗语，就是圈内人的默契，说得上来，才能真正与人交流，才会被看作自己人，才能和大家玩到一块儿。在博大精深的汉语里，“玩”这个字特别有讲究，最高级别的玩就是“精通”的意思，是专注研究之后所取得的成就。顶级的美食玩家被称为“老饕”。

“玩食”是一个“食尚”的名字。我曾有幸在花园道的“玩食餐厅”见到了“玩食”团队制作的美食：冒着“仙气”的南非冰草，搭配蒜泥和白醋，加上少许的墨西哥辣酱，足以让食客大呼过瘾；透着果木香的鹅肝竟然有着冰淇淋的口感，润滑无比；小牛柳也不简单，牛肉采用低温烹饪，默认五分熟，配以土豆千层，有点榴莲千层酥的风味，绵实而味美。年轻人就这样“玩食”，分子料理被他们“玩得”不亦乐乎，泡沫技术、薄脆技术、凝胶技术、液氮冷烧技术等都是让

“玩食”二字也有传统文化的渊源

用冰草也能做出云雾缭绕的意境

人咋舌的“黑科技”，看来学烹饪还需要文理皆通。我以为时尚青年给餐厅起了一个现代名字，哪知老板说，“玩食”的“玩”来自宋代书画家米芾拜石头为兄的玩乐人生，“食”来自老饕苏轼的《黄州寒食诗帖》。看来创新也可以在传统文化里找到答案，就像“众里寻他千百度”的“百度”之名，不也是受传统文化的启发吗？

老饕一词，相比玩食没那么有时代感了，倒是有点厚重的感觉。苏东坡在《老饕赋》中云：“盖聚物之夭美，以养吾之老饕”，其中“老饕”一词沿用至今，被人们抛弃了“饕餮”的本来含义，而用来指爱好美食的人。

老饕可不是轻易能获得的称号，过去讲“三代富贵方知饮食”，陆文夫的《美食家》中主人翁吃的三套鸭、头汤面都是有讲究的。如果要老饕们推荐一道“麻婆豆腐”，他们首先会告诉你哪家是正宗的，其次还要说出他家的特点，最后再和你聊聊关于麻婆豆腐的传说。这样一套下来，一道菜吃得明明白白，在吃的时候还会产生一份对美食的尊敬之情。

能称得上老饕的，大都颇有学识。大文豪苏东坡的传奇就不赘述了，在吃上能与之齐名的我要推荐明末清初的散文家张岱。他有很多文章都与美食相关，而且他还热衷搜集整理，将各类美食分门别类地辑录到《老饕集》中。这本书籍虽已散佚，但是在它的序言中，我们仍能看到一个真正的老饕对于美食的全部热情和崇敬。他将圣人孔子的四句话作为华夏美食文化的要旨，奉为“食经”：“食不厌精，脍不厌细。失饪不食，不时不食。”这十六个字凝结了中国美食的精髓，

鹅肝樱桃

以假乱真的主食

诱人的牛排

牛油果里的“诗意”

也从东方哲学的高度告诉人们吃饭的要义。在张岱的另一本著作《陶庵梦忆》中，也记录了很多他品尝到的美食佳肴。他不遗余力地详细描述每一道美味的妙处，其中著名的有《蟹会》《张东谷好酒》等，皆是美食名篇。

老饕们对美食的热爱在很大程度上冲淡了他们对世俗功利的追求。因为一个人一辈子能精通一件事就已经非常难得了，所以很多美食家在文章中都表现出一种“采菊东篱下，悠然见南山”的洒脱，或者“日啖荔枝三百颗，不辞长作岭南人”的潇洒。这并不是醉生梦死的消极，恰恰是积极生活的乐观。苏东坡一生坎坷，所有的不如意最后都被美食化作了豁达和坦荡。

顶级老饕不仅能品尝美食，还懂烹制美食。当老饕从餐桌转到厨房，才真正展现出他“玩食”的功力。清代大学者袁枚就是其中翘楚。他的《随园食单》不仅记录了美食的味道，还汇集了美食的烹制过程、所需材料、使用器皿、烹饪火候、烧制顺序、烹调禁忌，各类细项一应俱全。最为难得的是，这本《随园食单》中所有的菜品他几乎都亲自尝试、体验过，通过反复比较，得出具有真知灼见的评语，十分中肯，对后人有着巨大的启发，也让中华美食得到了更好的传承。正因为他对美食的理解深刻，才会发出“知己难，知味者更难”的感慨。

如果把老饕比喻为传统的中餐，把玩食者比喻为现代的西餐的话，在人类的美食世界里，应该说两者是各美其美，美美与共，只不过老饕和玩食者找寻的是自己熟悉的味道而已。我和我的学生、中国烹饪大师常福曾有过一次交流，我们认为，在未来的美食发展过程中，人们饮食审美的共同要求是追求好吃且好看，中西餐在原料、技法、调味、造型上取长补短、相互融合，让美食呈现更多的美好，可能就是今后发展的方向了。

唐朝王湾在《次北固山下》有“海日生残夜，江春入旧年”一联，描写时序交替中的景物，暗示着时光的流逝，蕴含自然理趣。“日生残夜”、“春入旧年”，都表示时序的交替，“日”与“春”又是新生的美好事物的象征，全句寄托了淡淡的乡思愁绪。美食的世界里，玩食者也好，老饕也罢，终将在食物中寄托情思，在传统和新生中携手前行。

12. 最美不过家常菜

最近很多与美食相关的日剧很火爆，比如《孤独的美食家》和《深夜食堂》。这些剧集有一个共同的特点：他们演绎的都是普通人去家常小馆吃饭的故事。其中“深夜食堂”里提供的菜是简单的定食，没有更多的菜单，客人可以点自己想吃的，或者老板根据店里的材料做出当天能提供的菜。这体现了日本的“居酒屋”文化，人们可以坐下来喝点酒或者吃点东西，比在一般的餐厅随意和轻松，像待在家里一样，和中国的“私房菜馆”有点相似。

家宴是招待宾朋的最高等级。只有关系好到一定程度，才会邀请人到家里来做客。主人亲自买菜下厨，每道菜都是最拿手的，这些菜里包含着最深厚的情谊。家宴最丰盛的时候就是过年，浓浓的年味就是在走亲访友的一顿顿年饭里品尝出来的。每家的主人都有一两道最能被称道的菜肴，吃客们的第一杯一定是敬“主厨”，感谢他（她）的辛苦烹饪，接下来聊的话题也离不开桌上的菜，遇到喜欢的还要讨教做法，交流心得。一顿饭下来，也“偷师”不少，回家自己关门琢磨。

一次偶然的机会，我来到杭州的大姐家里，她一点儿不输大厨的技术，让我见识到杭州人了得的厨艺。老醋海蜇、三鲜烤麸、葱油虾、葱烧海参、红烧鲍鱼、酸汤鱼片、甲鱼炖鸡汤等，那一道道菜带着深厚的功底，带着对家人和朋友的真情，也算得上我在杭州吃过最好吃的家常菜了。

家常菜看似普通，其实很多经典菜品也是通过家常菜的传承和演变而来的，所以这些菜品前面都会冠上姓氏或名字以示尊敬和纪念。比如“谭家菜”就是官府名菜之一，由清末官僚谭宗浚的家人所创。谭宗浚一生酷爱珍馐美味，亦好客酬友，常于家中作“雅集”，中国历史上唯一由翰林创造的“菜”自此发祥，中国餐饮界的私家会馆也由此发端。

家的味道就是家里饭菜的味道。父母为孩子做的饭菜的味道，都是孩子成年后倍加追忆的。人们爱吃家常菜，除了追寻熟悉的味道，更多的是体味那种家人在一起的轻松、愉悦、温暖。我有个湖南朋友，无论去哪里出差，都会带一瓶家里的辣酱。他说这是他母亲做的，有了这瓶酱，无论吃什么，就好像在家吃饭一样，就觉得香、开胃。这样的故事，在异乡的城市每天都会上演。无论是开在南方城市的东北饺子馆，还是开在北方城市的桂林米粉，这种南北美食的交融流通，都是人们将家乡的味道带到另一个地方，再分享给离家漂泊的游子一份家乡的温暖。郑板桥在家书里写道：“天寒冰冻时暮，穷亲戚朋友到门，先泡一大碗炒米送手中，佐以酱姜一小碟，最是暖老温贫之具。”可见暖人心只需简单的一蔬一饭。

家不是单纯和房子画等号的，而是以餐桌上的那顿饭作为代表。

色红酥香、鲜美十足的油爆虾

剁椒鱼头糯软、咸鲜、微辣，新鲜滑嫩，入口即化，令人回味无穷

汤鲜色白的奶汤鲫鱼

将这份餐桌上的东方情感表达得最为含蓄和深刻的，我推崇李安导演的《饮食男女》。他以食物来讲情爱，用宴席来引申人生，将家常菜品出了家庭伦理和东方哲学的高度，这样的功底不得不令人佩服。

其实每个家庭常吃的菜总是那几个，百吃不厌，让人始终难忘。我家也一样，家人都喜欢吃鱼，而鱼又是我最拿手的，这是在无数次练习和师傅的指导下，在遍访高手的前提下，我不断完善的结果。无论是白汪汪的鲫鱼萝卜汤，还是鲜香四溢的红烧全鱼，无论是酸甜麻辣适中的糍粑鱼，还是香辣味足的剁椒鱼头，都能满足家人刁钻的嘴巴，赢得家人的喜欢。特别值得一提的是，好多人做鲫鱼汤，汤总是白不起来，其实做鱼汤有诀窍：一是鱼一定要处理干净、血污除尽；二是锅内的油一定要多，给乳化反应提供充分的条件；三是汤一定要先大火烧开，待汤呈现奶白色的时候，再转中小火继续熬制。这样的鱼汤不仅呈奶白色，

肥而不腻、软烂入味、甜润咸鲜、引人垂涎的梅菜扣肉

带有阳光的味道，滋味丰富的糍粑鱼

而且味道鲜美。鲫鱼汤出锅后，我往往会配上一碟调料，喝汤之余，将鱼肉蘸点调料，增加鲜美的味道，吃肉喝汤，营养健康。

家常菜中的梅菜扣肉也是让人难以忘怀的。梅菜扣肉，以潮汕的最有特色，制作的过程和普通的扣肉差不多，只是梅菜一定要选择广东的梅菜，做的时候糖适当多放一点，味精也不能缺少。我每次都多做点，满足馋嘴的亲朋好友的索要。梅菜吸饱了肉汁，醇香有肉味；扣肉肥而不腻，软烂入味；汤汁红亮鲜美，引人垂涎。肉香混合梅菜的清香，以摧古拉朽之势侵入鼻腔，那软糯的口感令人舒适得无话可说。扣肉，扣的哪里是肉啊，扣的是我好吃的心。那种什么都值了的感叹难以自禁，真是梅菜扣肉，爱你不够。

女儿长大成人后，我时常也能吃上她做的家常菜。看着她在厨房忙碌的身影，我突然就感受到，爱的延续原来也蕴含在这简简单单的家常菜里。到底是女儿的菜做得好吃，还是我内心的喜悦使菜美味，已经不重要了，重要的是，**家常菜的味道就是家的味道。**

13. 烧烤——来自远古的呼唤

中国人对烧烤情有独钟。

传说是中华民族的人文始祖——伏羲发明了烧烤。他教人们抓鱼、捕鸟，还取来“天火”，教人们把鱼、鸟等烤熟了吃。人们吃着烤熟的食物就不再闹肚子了，身体也更健壮了。因此，烧烤促进了人类的进步，让茹毛饮血的人类开始了熟食习惯。伏羲被尊称为“庖牺”，即第一个用火烤食兽肉的人。

虽说众口难调，但是有一类食物红遍中国大江南北，上得了宴席，也能在寻常路边寻到，那就是“烧烤”。“没有什么事是一顿烧烤解决不了的，如果有，那就两顿。”——虽然是个网红段子，但也能充分说明烧烤的群众基础有多广泛。

无论我走到哪个城市，烧烤都是最容易寻到的美食。将一串串鲜嫩的烤串并列摆放在炭火正旺的烤架上，不一会儿便滋滋冒油，待六七分熟时再撒上孜然、辣椒面、胡椒粉等调料，顿时浓香四溢，那颜色、那味道，令人垂涎欲滴。每到傍晚，喧嚣热闹的城市夜市、美食街边，各种各样的烧烤铁槽就在街头巷尾摆开阵势，炭火伴着油烟蹿起，成为城市一道特殊的风景线。

在北方吃烧烤被亲切地称为“撸串”。一个“撸”字，形象生动地描绘了将肉块从签串上撕扯下来的动作。兰州正宁路的烧烤摊在晚上七八点正值人声鼎沸。羊肉串的膻味和炭烤脂肪的香味充满了街市，随风钻进每个人的鼻腔，勾起人们的食欲。食客大多会熟练地拎起一串，一口咬上厚实的肉块，被脆皮锁住的肉汁立马充满口腔。牙齿咬开肉质纤维时的嘎吱声，舌头触碰孜然时的粗粝感，让人大快朵颐，欲罢不能；配上冰爽的啤酒，人们聚在一起，天南地北地侃上一通，什么不开心，什么中年焦虑，统统被抛到九霄云外。烧烤这东西，吃的既是美味，也是情怀。

而到广州吃海鲜烧烤，则完全是另一种体验。根据“万物皆可烤”的原则，沿海城市的烧烤食材中，海鲜必定是主角之一。南北烧烤的差异，除了体现在食材之外，也体现在调味料的选择和使用上。与北方烧烤牛羊肉时投撒大量孜然和辣椒粉不同，南方人完全不喜欢这样厚重的调料味道。他们在吃烧烤时虽然也会撒调味料，但只是薄薄的一层而已，这样既能吃到食材本身的味道，同时也能吃到调味料所带来的香味。不同于腥膻味的牛羊肉，海鲜只需快烤、除腥就好，吃海鲜烧烤讲究的就是鲜嫩多汁。所有海鲜都是现捞现烤。烤生蚝时，将生蚝摆上烤炉，喷两三下清酒，然后再加入蒜蓉、葱花、椒圈，直到生蚝的肉汁开始翻滚、沸腾，再等待 30 秒左右就可以吃了。当然，口味略重的人，比如我，在吃海鲜烧烤时，都会自己调制蘸汁，可辣可咸，以满足我的味蕾。吃海鲜烧烤时可配上果酒或者清酒，酸酸甜

尝百味烧烤，品百味人生

外焦里嫩、香气扑鼻的烤肉串

香飘四溢、带着海洋气息的烤大虾

随心所欲，想烤就烤

甜的，两者结合也是人间极致的美味了。

一道美食，讲究的是色味俱佳，其中这个“味”字，既指味道，也指气味。而相对于味道，气味对于人的影响更直接。烧烤从烤熟到人们进食的时间相对较短，此时香气正浓，便更能吸引人的注意力。另外，烧烤时的温度比普通蒸煮时的温度更高，会使食物产生或分解出与常规烹饪时不一样的物质。

肉类食物中的氨基酸与糖类在高温下反应，会生成复杂的香味物质。肉类所含的脂肪会避免食物在烧烤时变干变硬，使烤肉保持较好的口感。所以，肥瘦相间的五花肉烤出来就比纯瘦肉烤出来好吃。含淀粉多的食物，比如红薯、土豆、馒头片等，在烤的时候，其香味主要来自焦糖化反应，当食物表面被烤干，食物就产生了特有的香味。烤蔬菜的香气源于食材香味物质的释放，韭菜、洋葱、青椒、茄子、蘑菇都是烧烤中常见的蔬菜，一般而言适合烧烤的蔬菜都含有一些风味物质，比如韭菜和洋葱中有含硫化合物，在烧烤时会集中释放，因此烤蔬菜会浓缩出浓郁的香味。

为什么人类对烧烤这么情有独钟呢？这大概是源于祖先留给我们的 DNA。人类祖先最早吃熟肉便是以烧烤的形式，所以人类对烧烤有一种天然的亲近感，好像它是来自远古的呼唤。烧烤时散发的香味足以在人类的 DNA 中留下深刻的印记，这或许是人们一直以来喜欢烧烤的缘故。

烧烤虽然好吃，但是它一直被认为是不健康的饮食方式。

研究认为，由于烧烤温度过高，食物入口以后很容易烫伤、损害食管和消化道黏膜，久而久之，会造成食管溃疡，或者恶性增生，甚至患上死亡率极高的食管癌。

鲜嫩的肉串再加上孜然、辣椒面、胡椒粉的香气，确实非常有诱惑力。面对美味，又有几个人能管住自己的嘴呢？烧烤是原始饮食文化的传承，是一种全球性的美食方式。烧烤这一饮食文化传承下来，留在我们的基因中，还将陪伴人类更加漫长的岁月。大家一起吃着烧烤，一起聊着美食和人生，烦闷与不开心的事，就都化解在味蕾的感动中，消失在投契的话语里。

14. 无由持一碗，寄与爱茶人

中国人的祖先最早是生吃茶叶，将其作药用的，茶的药用阶段与食用阶段是重叠的，古人有“药食同源”、“食饮同宗”之说，至于以茶作菜，再到烹煮品饮，则是宋代以后的事情了。

我对茶的了解和喜好，始自十五年前。从那时起，身边的许多朋友也被我带进了普洱茶圈，逐渐爱上了普洱，他们中有的还成为品茶老手了。生茶似乎是很多人的喜爱，不嗜烟酒的我，唯独对熟茶情有独钟，那柔滑的茶汤、红润的色泽，从口感到颜色，那样协调，直触心底，给人温暖。也许是人心也是柔软的缘故，也许熟茶变化不多，把本来不太简单的生活简单化——不也正好吗？反正我喜欢熟茶。

每个人经历不一样，喝茶感受自然不会相同。曾有幸遇到普洱茶圆成号传承人赵晖，号云山茶人，他亲自冲泡的老茶有着近四十年的历史，着实让人有点期待。茶砖压制紧密，在近十多泡后茶叶仍未完全打开，但茶汤透亮，可见制作和保存的优良，不愧为一款老茶。几杯下口，甘甜悄然而至，茶汤逐渐红润，继续冲泡后的茶味味趋平淡，有人说喝出了陈香，但我品鉴茶也好，品食也罢，总是想在自然的状

茶人就是有态度

“时看蟹目溅，乍见鱼鳞起”的煮茶之趣

态下找到自己的感受，绝不盲从他人的暗示，这可能是我多年品鉴美食的习惯所致吧。在我几乎失望的时候，我猛吸一口冷气，一股兰香从舌下飘然而上，暗香浮动，顿时有种醍醐灌顶之感。这体现了茶极高的品质和韵道。二十多泡后，煮沸的老茶又有冰糖银耳般的口感和味道，犹如甘泉．如同神曲。岁月的积淀，让老茶的内涵散发出来了，此时我想到的是：人也要积淀，才能感知生命的力量和厚重，享受生活带给你的不一样的幸福和快乐。有些时候，有些事情还真的不要太早下结论。

喝茶入门不久的人总想喝到好茶，这是常理。我在武汉的普洱藏家就有过极品普洱的“发烧友”经历。“普洱藏家”掌门人鲁文峰曾用四泡普洱斗茶，那韵味令人难忘！88青饼不用评说，2004年大白

普洱藏家

菜班章在“北派陈水清”（大家给泡茶不错的朋友的称号）的冲泡下，其香味的霸气、茶汤的柔滑、味道从苦到回甘再到生津的过程逐一显现，其丰富的口感和微妙的变化，不愧普洱茶中“大白菜”的别称。二十世纪五十年代的红印，在茶艺师的冲泡下，入口即涌上药香，接着是回味甘甜的参香，五泡之后呈糯香，令人生津如泉涌，其茶汤通透如宝石红，不愧经过了六十年陈化而一饼难求。1890 年的向质卿的茶庄专为朝廷进贡的贡品茶，饮来是浓郁的药香，全无生涩的口感，倒是岁月的沉淀反而使茶汤给人一种古朴的感觉；柔滑红润的茶汤，在品鉴中让人感到岁月悠悠，让饮者识得它铅华洗尽、风骨犹存的韵味！

下午的天气由阴变晴，掌门人鲁总给我们带来了普洱品鉴中登峰造极的感受。普洱柔滑至极的口感、亮丽无比的色泽、散发的幽香，让人在体会过后更感难舍，欲罢不能！好的茶是会自己说话的。古董行当里有个词语叫“大开门”，意思是真正的古董，其气质你一眼看上去就能感受到，根本不需要费尽心力去鉴别。茶也是如此，喝到好茶后的心境是不需要华丽的辞藻去描述的，那是一种天人合一、身心和谐的境界。只是当人真的到了喝茶的较高境界，就不会再去努力寻求什么好茶了，而是会带着一颗谦卑的心，珍惜当下自己的拥有，所遇即是好茶。

“食饮同宗”，但将茶和美食完美结合的却不是很多。茶宴是近年来少有的敢于吃螃蟹的餐饮人的尝试。我曾有幸品尝到由扬州国宴大师和我的学生李凯一起设计的一桌高档茶宴。一道菜配一道茶，菜有淮扬名菜生敲煨鸽蛋、淮扬鸡汁煮干丝、南京雨花炒虾仁、淮扬蟹

生敲煨鸽蛋，打开你的味蕾

展现精湛刀工的鸡汁煮干丝

粉狮子头、南瓜西芹炒百合，道道菜式精美绝伦；同时以茉莉花茶浓郁的清香开场，以乌梅陈皮茶的咸甜收尾，龙井茶、普洱生熟茶穿插其间，款款茶沁人心脾。一桌精致唯美的茶宴，在茶和食的对话中，演绎了一章优雅的和鸣曲，给人留下了极为深刻的印象。

从茶的精神中，我们获得生命的自在和喜悦；在食的世界里，我们感受文化和情感。茶和食让生活和生命相融合，茶的深处，不就是心的深处吗？食的尽头，不同样是心灵的感悟吗？茶的清香和美食的菜香，不同样都有诗的神韵吗？茶不是宗教，却可成为一生的信仰；食也不是宗教，却被人们像宗教一样虔诚对待。

一杯普洱，可以让人感受时光变迁，滋味变化。茶或清香怡人，或柔滑绵长，就像生命旅程中可以陪伴到底的朋友，两者同行，该是怎样的幸福！人的经历不同，对茶的感受也不一样，人遇到对的人是庆幸的事，遇到不对的人，如同喝到一杯不太喜欢的茶，倒掉就好，还能怎样？

一款美食，带着时光的变迁，承载着乡愁的忧思，有着熟悉的味道和感人的故事。

人生就像一杯茶，平淡是它的本色，苦涩是它的历程，清香是它的馈赠。“无由持一碗，寄与爱茶人”，这是唐代白居易的《山泉煎茶有怀》里的一句，也算是我对茶的见闻和感悟，与爱茶的朋友们分享。

15. 有饭局的地方，就有江湖

有饭局的地方，就有江湖，饭局是人们借“口”相联系的一种重要的社交方式。中国历史上有名的饭局有项羽的“鸿门宴”、赵匡胤的“杯酒释兵权”等，饭局目的不同但都影响巨大。饭局上，吃什么真的不重要，重要的是“局”，你懂了自然从中获益，不懂，可能还是局外之人。世上本来只有饭没有局，但吃饭的人多了就有了局。饭局是一种生活方式，伴随的应酬是一种生存方式。

有人说，吃饭还有许多社交的功用，譬如联络感情、谈生意经，等等。饭局在中国人的眼里、心里演变成一门学问了，且不说吃饭本身所要求的礼仪学问、点菜学问，单就吃饭之外的“局”，就值得人玩味，竟然还衍生出饭局心理学、饭局社会学、饭局应用学等。完美的饭局，设局人、局托、陪客，一个都不能少。

饭局，早已成为中国人社交活动的主要方式，无论正事、闲事，都离不开一顿饭，饭局已然成为很多人心中理想的公关秘籍和职场通行证。饭局里通常有座次、点菜、吃菜、喝酒、倒茶、离席的相关规矩，每一个规矩又有诸多讲究。饭局里，你在吃食物，人在吃透你，在饭局中你既不能做话题的“话霸”，也不能默默不语。

饭局的语言与特定的环境相关。领导夹鱼头给你会说你有带头的作用，夹鱼尾给你会说你能掌舵，把鱼肚夹给你会说你满腹经纶，把鱼背夹给你会说你是人中脊梁。餐桌的文化真的太多，不仅要会听，也要会理解，这样才不会太尴尬和置身局外。中国菜的品种繁多，文化博大精深，每一种食物都可能被赋予特殊的含义，酒有酒文化，食有食文化，多种文化的交融，让饭局也显得很有文化。借喻也好，比喻也罢，其实都是给人带去美好的感受，提升饮食的趣味，把中国人的文化和吃放在一起，真的是贴切、恰当。熟悉饭局的语言，不仅可以了解一个人的人品，而且不至于让自己感到尴尬。

饭局中一个人的吃相，一个人吃东西是仔细咀嚼还是浅尝辄止，是风扫残云还是挑三拣四，往往可以看出一个人的基本素质。饭局中，礼不得体，人不入时，话不投机，也是会带来麻烦的。历史上的鸿门宴，因座次的漏洞，项羽犹犹豫豫错失良机，刘邦战战兢兢侥幸逃脱。《战国策·中山策》中，司马子期因没有吃到羊肉羹，心中窝火，而跑到楚国请楚王讨伐中山国，中山国君被迫逃亡。历史上不乏一口鳖汤、一碗羊羹而导致国君丧命、国家灭亡的事，虽说是历史故事，但无不折射出饭局的重要。宋史记载元佐未被皇上宴请而焚烧皇宫的故事，也有拒赴皇宴而被御史台察举治罪的。饭局扑朔迷离，险象环生，只有懂得规则的人，可能才能在饭局里驰骋风云吧。**我们常说肚里不饥、筷下从容是一个人在餐桌上有良好表现的前提。**不注重礼节，往往丢掉的不是饭碗，还可能是更多的机会。

中国人喜欢在餐桌上、饭局里解决问题，常说筷子一提，可以可以，酒杯一端，过关过关。更有甚者说，喝一杯酒就是多少钱，生意就是酒喝出来的，感情也是这样交出来的，升官发财也就是顺水推舟之事了。这多少也说明了饭局糟粕的一面。像我这样不好烟酒，滴酒不沾的，真怕扫了大家的兴致，好在大家喜欢听我在餐桌上讲吃的道理和对美食的感受，多少为餐桌增添了一点趣味。

如果从好吃和品鉴美食的角度来说，饭局可不是一个好地方。饭局中的高手，说话的技巧把握得恰到好处，还懂得如何把控场面和话题，在对话里、在觥筹交错中、在谈笑间，把你的真实意图了解得一清二楚。哎，看来饭局有点复杂，我还是回家自己做饭吃吧！

饭局

PART 2

烹有技法 味有道

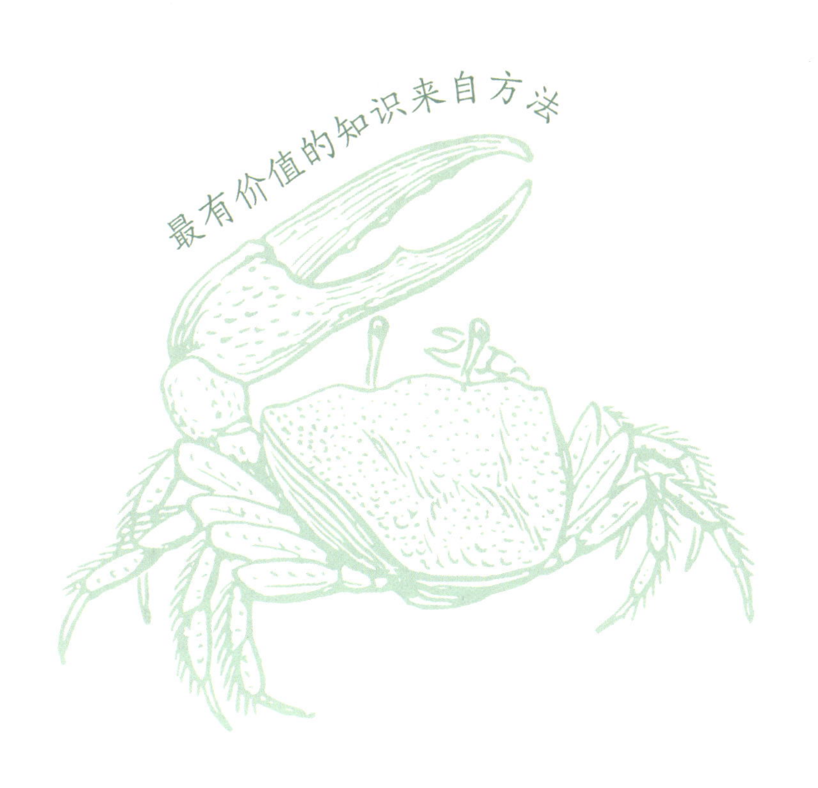

“善为滋味，和齐皆有方法。”华夏文明生生不息，在于记录、传承与弘扬，在于得方法则得美食的真谛，因此中华美食的技法与菜式得以流传下来，代代延续。凡事掌握了方法就会事半功倍；不得要领，则会功亏一篑。中式餐饮中，关于火候的烹饪方法和变化多样的刀工技法两相结合，便诞生了惊艳世人的美食技巧。

1. 火候足时他自美

袁枚在《随园食单》的“火候须知”里说：“熟食之法最重火候。”火候不仅可以形成不同风味，同时也是菜肴成败的关键。唐代段成式在《酉阳杂俎》里指出：“每说无物不堪喫，唯在火候，善均五味。”也指出菜肴火候的重要。《吕氏春秋·本味篇》里说：“凡味之本，水最为始。五味三材，九沸九变，火为之纪。时疾时徐，灭腥去臊除膻，必以其胜，无失其理。”苏轼在《猪肉颂》中有云：“待他自熟莫催他，火候足时他自美。”这些都是中国人对烹饪中火候的记载和理解。

“每一块服软的肉，都爱过一个懂火候的灶”，这只怕是对火候的最好注释了。一道菜做得好不好，火候就是关键。火候，专业上是指在烹饪过程中，火力的强弱和时间的长短。不同食材的烹饪时间是有区别的，而烹饪时间的长短，和食材的大小、水的多少相关。火候，是中国菜制作的关键，对火候的拿捏，使得中国菜更像是手工艺术品，像中国的山水画，不同的画师便能画出不同的意境，而厨师不同的心情和状态也会让每天做出来的食物口味不同，这些便是中式菜肴中存在的变数。难以标准化生产的缺点，有时也是菜肴提升的空间，火候

火候是中国人拿捏的“道”

就是这样，有时候会给人带来不同的惊喜。

火候虽重要，但很少有人通过记住火候的概念来做菜，更多的是寻找经验，包括书本的经验。做一个菜需要多长时间、火力大小如何，就按这些经验来做，差不到哪里去，初学者可以这样寻找捷径。但在一个有经验的厨师手中，火候是失之毫厘、差之千里的大事，必须把握和掌控好。虽然把握火候的本事非一蹴而就，但也不是没有规律可循。好的中餐师傅，在火候的把握上不仅要有灵活性，也要有原则性。火候到了，菜的品质和味道就都出来了，放多少调料也就基本有数了，火候上或大或小，或文或武，烹饪方法上或炒或爆，看似随意，其实厨师对此都成竹在胸。

厨师常用看、触、尝的方式来把握火候，制作成功菜肴的火候都可以成为规律的记忆，比如煎制牛排的温度在 250 ℃左右，切成片的牛排通常 2 厘米厚，两面各煎半分钟大概是三成熟（通常带血），煎 1 分钟是五成熟，煎 1 分半钟是七成熟；家里开大火蒸鱼要 15 分钟（酒店用柴油蒸柜，蒸鱼只要 7 分钟），家里用煤气炉烧鱼大概需要 20 分钟。不同的食材和烹饪方法，所用的时间都不一样。当你关注一道好吃的菜是怎么做的时候，问的问题是做好一道菜用的什么火力、多长时间，你离做出成功的美味就不远了。

我们掌握火候，目的是要把食物做得美味。要知道，火候的变化是可以对食物的味道造成影响的。我们常说，在生和熟之间，可以发现食材最嫩的时刻；在熟和熟烂之间，可以感受食材口感最丰

牛肉的熟度来自对火候的判断

富的时刻；在焦糊和不糊之间，有食材最香的时刻。这个临界点掌握好，就能完美地呈现和诠释菜肴的味道、口感和香味，而所有的这些，是需要掌握火候才能体现的。我们还要知晓，火候掌握好，是可以灭腥、去臊、除膻的，民间更有“小火入味”的说法。火候的时间长短不同，可以带来不同的口感变化，如短时间的爆炒带来的是脆嫩的口感，长时间的慢火熬制能浸润出食材的醇香，这也是火候的时光智慧。我们如果能从这样的角度掌握火候，也就能站在一定高度来理解掌握火候的意义了。

把握炒菜时的火候，我喜欢用厚的平底不锈钢锅，在手掌离锅10 厘米左右就能明显感受到锅中的热度时，表明锅内的温度比较高了，这个时候将青菜倒入油锅，一瞬间，随着炒勺的翻动，那锅内的声音如同千军万马的叫喊声，又仿佛演唱会的欢呼声，此起彼伏，不绝于耳。当声音平息的时候，炒青菜的火候也正好到位，加入调料略炒，一盘原汁原味的清炒菜蔬就这样大功告成了。不同的烹饪方法，对火候的运用是不一样的，炒菜需大火，烧菜则要大火转小火，炸需要中火。当你懂得不同火候的运用，说明你对火候的理解又进了一步。

有人说火候像空中流淌的音符，不好捕捉，这仿佛给火候蒙上了一层神秘的面纱。初学者和资历尚浅的人往往拿捏不好火候。如果硬是要询问掌握火候的秘密，那么我的答案是：经验是捷径，熟能生巧是关键。把握火候就像用盐一样，需要一个熟能生巧的过程，不可能一蹴而就，只要多练习，谁都可以学会对火候的掌控。掌握火候的方法多样，以适合自己的口感为基础，找到一种能听从自己内心的方法，这也许就是做菜的乐趣所在。我们了解和把握火候，目的不只是把食物做熟，而是把食物做得美味，这也是掌握火候的意义。

西方人很难明白东方哲学中的“中庸”“无为”，他们同样也很难体会中国菜的底蕴。“火候”与“手气”，很好地表达了中国人思维中的模糊性和对事物认知过程中只可意会而不可言传的神秘性。为人处事亦是如此，当“火候”到的时候，人际关系就能处理得如鱼得水，行事自然就会顺利而有所收获。

中国菜看似很随意，对火候的拿捏其实充满了智慧和学问。**把握火候是一种感觉**，是会做菜的中国人都可能有的一种感觉，也是每一个人立身于社会关系之中的处世行事的原则和方法。

2. 大珠小珠落玉盘，味有节奏错杂弹

唐代诗人白居易看来还真是个吃货，他在《荔枝图序》中这样描述荔枝："若离本枝，一日而色变，二日而香变，三日而味变，四五日外，色香味尽去矣。"他不仅懂吃，对音乐的描写也颇为传神，他在《琵琶行》里写："嘈嘈切切错杂弹，大珠小珠落玉盘。"让人不禁把食物的色香味和音乐的节奏联系起来。

味道的节奏可能是"好吃佬"们会忽略的地方。品鉴味道的过程中，吃一阵，歇一阵，再品、再吃，会越吃越有味，每一次都能给人完美的体验和享受。酒足饭饱是一件让人幸福和快乐的事情，品味时讲究节奏更是一种生活的趣味。著名小提琴家伊夫利・吉特里斯说："……从不追求演奏的技巧，不懈的练习是为了顺畅地表达个人的情感。"他对无差别千篇一律的演奏技巧造成演奏个性的缺失感到万分的痛心。味道的节奏也一样，带有个性才能呈现独特的美感。

因为品尝美食的味道是有节奏的，所以吃螃蟹要"自剥自食"才能吃出真味。清代美食家李渔对此有深刻的心得体会："人剥而我食之，不特味同嚼蜡。"这句话道出了吃螃蟹的节奏的奥妙。我们平时吃饭

也是一样，不同的菜换着吃，求的是口味的丰富和变化。如果不同或同一种菜肴总是做成同一种口味让你品尝，一定会让你感到疲乏。人就是这样奇怪的生物，喜好不同的东西。人的需求特点包括社会性、层次性、发展性、多样性，其中多样性决定了人对不同的事物更有好奇心、满足感。但吃东西这件事和我们常见的女人购物可不太一样。女人购物时的好奇心和满足感，有时是她们宣泄压力和负面情绪的通道之一。而在吃饭这件事上，人的需求的多样性就是体现在对不同食物的喜欢。需要注意的是，不能不停地吃同一种好吃的食物，一直吃到不想吃为止，否则那味道就像失控的汽车，可能会出现像我们老话说的“把人吃伤了”，再也不想吃东西的情况。如果吃仅仅停留在满足口腹之欲，那么只能说明食客还不太会吃。

先吃哪道菜好呢？

日本怀石料理也是以先冷后热的次序上菜

可爱的小猫点点

把控味道的节奏还体现在上菜的方式上。韩国人上菜往往是一股脑儿地端上来，在专业上这叫空间展开型；而我们中国人的上菜方式，历来都是逐次上菜，也叫时间展开型。中国人为什么讲究逐次上菜呢？因为我们懂得一热三鲜的道理和享受美味的方法，凉菜、炒菜、大菜、咸汤、甜汤、甜点逐一端上，可以让人慢慢品味食材的变化，享受味道的节奏，而所有的菜一起上，结果只会让人目不暇接，少了充分享受美味的情趣。真正懂品味的“好吃佬”对吃法和味道越来越讲究，他们的品鉴一定不是在酒宴上，而会是在有特色、有品质的餐厅里，在细嚼慢品中，或独自或与三两好友享受美味。

味道的节奏还体现在搭配的顺序上。适宜的温度和上菜的时间都很重要。中餐中，凉菜在前，炒菜紧跟其后，炸的和烧的菜要交错上席，汤品最后上，为的是不在一开始就冲淡味觉。有经验的厨师根据食物味道的特点，巧妙地安排、搭配，可以有效地提升食物的味道。这一点上，日本的怀石料理也是以先冷后热的次序上菜的。

味道的节奏还表现在咀嚼的时间上。味道是需要细细咀嚼才能被充分地感知的。咀嚼时间的长短不一，带来的感受和味道是不同的。我在讲课的时候，观众经常跟我说，按照老师讲的，吃饭时每口咀嚼次数在二三十次以上，感觉到饭都是甜的了。我说，大家平日里吃饭太快，没有感受到饭菜被充分咀嚼后那种滋味的饱满，更谈不上感受食物带给人的内心的愉悦了。从动物的狼吞虎咽到人类的细嚼慢咽，这不仅是人类进化的结果，更是人类懂得饮食美学的体现。

味道的节奏还体现在食物本身的形状、色泽上。人对音乐的节奏是有讲究的，起伏的旋律、变化的节奏，总是给人听觉上的愉悦、情感上的共鸣，给人美好的享受。讲究音乐的节奏变化是符合人的天性的，人对味道的节奏有要求也是如此。曾经从安全的角度考虑，宇航员的食物是用牙膏状的食物替代鱼香肉丝、红烧牛肉等有形的食物，但是宇航员的食欲对此无法认同，而不得不改换过来。相反，可爱的猫喜欢吃牙膏状的食物，因为它们对食物的形状没有特别的要求，但猫大多对食物味道有着特别的审视，确认是自己需要的、安全的，才吃进去。然而作为灵长类一员的人类，对食物的形状，对味道的节奏永远都有着特别的偏好。

未来随着科技的发展，每个人可能一天只需要吃一颗药丸就可以满足当天全部的营养需求，但人类在享用美食的过程中，味道的节奏仍然是必不可少的。一颗药丸虽然可以解决营养的问题，可美食带给人的有趣和快乐，药丸是无法给予的。现代的科技已经使人造肉在美国的快餐连锁店被供应，国内有的网站也开售了口感可以和真猪肉媲美的人造肉。100% 纯植物制作的人造肉，那多汁的脆嫩口感，咀嚼时的韧性，足以“以假乱真”，还有美国人花大气力研究薯片的最佳口感……而这一切不也正是遵循了人对味道节奏的诉求吗？但如果要达到吃潮州牛肉火锅时的那般美味感受，如“胸口油”的多汁耐嚼的“爆浆感”、“匙柄肉”的质嫩滑香、“雪花脖肉”的油脂感、“五花趾”的肉和筋交织带来的十足韧劲……对人造食品来说恐怕就不是一日之功了。

世界上有趣的事情很多，但没有哪一种东西能像美食一样，对人而言是每天必需的，且终身伴随。食物的片丁丝条块带给人形状的感受，酸甜苦麻辣带给人味觉的感知，而进食的节奏却需要人来把握，因为**正是有了人的灵性的感受，食物才变得美味有趣起来。**

3. 食材的“嫩肤术”

美容的学问，早就被爱美人士了然于心，而为食材挂糊上浆就如同给食材做“嫩肤和按摩”，它同样颇有讲究。虽然现代食品科技发达，嫩肉粉也可以起到滑嫩原料的作用，不过和传统的挂糊上浆的方法相比，后者更有营养、更安全，更有烹饪的技巧和乐趣。

挂糊上浆过的食材，烹饪之后既滑嫩又富有营养。往往这个技术活在餐厅都是由大厨级别的师傅亲自把关的。而在家庭中，随着大家对美食的追求，不少人也能把这个技术用得熟练，从而更好地享受美味。特别是烹饪一些动物类的鲜嫩食材时，有时借助挂糊上浆技术可以让食材变得更可口、更美味，那种改变同样让人欣喜。

美容有助人之美的作用，挂糊上浆也是一样。需要挂糊上浆的食材多为猪牛羊肉之类较嫩的里脊部位，由于食材被切成较薄和较小的片、丁、丝、条，如果直接加热往往易于断裂散碎，也极易蜷缩干瘪，不仅口感粗老而且也改变了食材形状。挂糊上浆的处理如同给食材穿上了一层外衣，保持了食材原料的形态，有效避免了高温对食材的破坏。同时，食材表面的糊浆经过油的作用，色泽光润，形态饱满，可增加菜肴的嫩度和美观度。另外，糊浆本身为淀粉、蛋液等所组成，挂糊上浆可以保持和增进菜肴的营养，保持食材中的水分和鲜味，并使其达到外酥里嫩、味道更为鲜美的效果。

美容有手法，而上浆的手法是用手来抓捏，因此，上浆时的动作一定要轻，要防止抓碎食材，尤其是鱼丝、鸡丝。上浆动作的要领是先慢后快，先轻后重，利用搅拌促进浆的渗透。应注意的是，如要用油来滑散食材，淀粉应加得略少；如用水滑散食材，淀粉应加得略多。上浆多用鲜鸡蛋，蛋清才有附着力。淀粉可用玉米淀粉、绿豆淀粉、红薯淀粉等。

浆液按用料的不同，分为水粉浆、蛋白浆、全蛋浆和苏打浆。上浆后的食材应在常温下放 1 ~ 2 小时，这样能使浆液更好地附着在食材表面，提高上浆质量。烹调菜肴时，为食材上浆要提前进行。

人需要根据季节的不同、皮肤的特点，选择不同的化妆品，而浆和糊的选择，就要依据烹饪方法的不同。浆比较稀薄，糊比较浓稠。上浆和挂糊产生的效果不一样。上浆后的食材成菜后，细嫩滑爽有光泽；而挂糊后的食材烹饪成菜后，酥脆或外酥内嫩。上浆和挂糊适用的食材和烹饪方法不一样，挂糊一般适用于食材体积较大，且常用于炸制的菜肴，上浆一般适用于食材体积较小，且用于爆、炒、熘等烹调方法的菜肴。

美容有其程序和标准，食材上浆一样需要讲究窍门和标准。以肉丝为例，“美容”成功的上浆肉丝应该触感光滑、劲力充分、纹理清晰、质感软嫩。

具体的步骤是：

（1）切肉丝时，刀和肉的纹理呈一个倾斜的角度，这样切出的肉丝更嫩；

（2）挤出老姜汁，拌入肉丝，腌制致嫩，同时去异增味，一举多得；

（3）加盐，顺便搅拌上劲；

（4）加葱姜水，既致嫩，又去异增味；

（5）加鸡蛋，此举有两个好处，一是增强浆液的附着力，二是增加营养；

（6）加马铃薯淀粉；

（7）最后加油，作用是锁住食材水分、嫩化食材。

上好浆的肉丝，做肉丝面是首选，三鲜汤也当仁不让，还有清爽适口的银芽里脊、酱爆肉丝、青椒肉丝等。上过浆的肉丝，总能给你滑嫩鲜美的惊喜口感，让你吃出不一样的味道。

调好后缓缓落下的糊

与上浆的用途不同，挂糊多用于炸、熘之类的能使食材香酥的烹饪技法。这里也给大家推荐一个全蛋糊（蛋粉糊）的制法。全蛋糊（蛋粉糊）是以全蛋（蛋清、蛋黄均用）、淀粉或面粉加

用盐抓捏上劲

加水增加嫩度

取蛋清

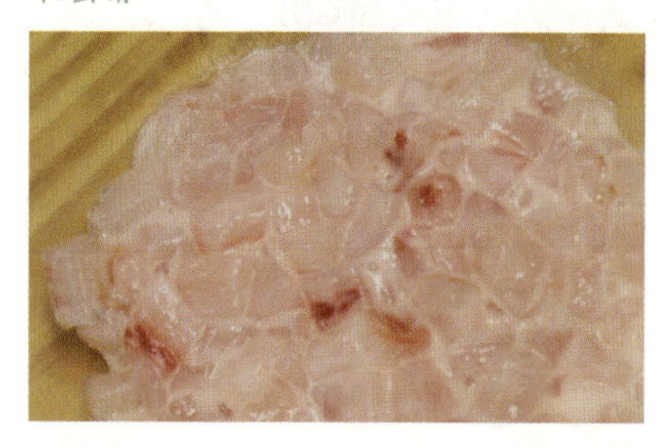

上浆

上浆后将碗侧立，食材也不会掉

少量清水调制成的一种糊，能使菜肴外酥脆、内松嫩，色泽金黄。用料比例以“干炸里脊”为例，4 两里脊肉，可用鸡蛋 1 个、淀粉或面粉 1.5 两，加水少许，调成浓稠的糊状，用手把蛋糊抓起，蛋糊呈缓慢的下坠状态。全蛋糊适用的范围很广，炸鱼、炸蛋卷时它都是可以使用的糊类。

挂糊也好，上浆也罢，给食材做“嫩肤术”，其实都是出于人对食材口感的多样和变化的需要。厨师之间经常开玩笑说，要给自己也“挂个糊，上个浆”，伪装下，把自己包裹起来，免受职场和生活“煎炸”的痛苦。但我觉得一个人不能像浆和糊一样太“糊哒哒”的，清爽、直接、酣畅，做个真性情的人，未尝不是一种好的选择。

4. 恰似梅花纷纷落，巧妇全靠一把盐

盐在中国是调味之首，也称百味之首。没有加盐的食物是难吃的，一碗鸡汤如果没有盐的支撑，可能你喝到的只能是一碗的鸡毛味儿了。虽然从海里捞出来的海鲜不放盐就有鲜美滋味，但那是因为海鲜里本身含有盐分。有一种叫“冰草”的植物，不需要调味就很好吃，因为它是用盐水浇灌而成，咬破就有滋味。在人们的饮食文化进程中，盐是不可或缺的调味料。

盐的种类很多，古时仅从颜色上就有很多类别。传说黄帝时有个叫夙沙的人，以海水煮卤成盐，颜色有青、黄、白、黑、紫五样。从获取盐的地理位置来看，盐可分为四大类：井盐、岩盐、湖盐、海盐。食盐按加工程度的不同，又可分为原盐（粗盐）、洗涤盐、再制盐（精盐）。中国是一个食盐产量大国，也是一个注重烹饪美食的国度，对于食盐的选择，古人早在春秋战国时期就有了心得。《吕氏春秋·本味篇》中记述：“和之美者，阳朴之姜，招摇之桂，越骆之菌，鳣鲔之醢，大夏之盐，宰揭之露，其色如玉，长泽之卵。”大夏国的盐和宰揭山颜色如玉的甘露、长泽里的鱼子一样，都是烹饪中上等的调味品。

腊鱼、腊肉来自盐的浸润

现代制盐技术的发展，使制盐由过去的晒制变为蒸制。由海水制作的海盐，颗粒较大，口感好，味道鲜美，在烹煮菜肴中用得较少，更适合用于腌制难以入味的食材。因海盐有海洋独有的味道，所以一道海盐烤三文鱼很受老饕们的喜爱。

井盐中自贡井盐最为有名，用来做泡菜是一绝。岩盐来自古代海洋或咸水湖干涸后形成的矿物层。经漫长的时光，岩盐层里蕴含了丰富的矿物质，使有的岩盐呈现漂亮的“玫瑰色”。日本的动漫真人电影《好想吃拉面》里的美食评论家，在吃到久别的咸味清兰拉面时，他情不自禁地沉醉在了金色的麦田和海底的岩石带来的自然气息中，那令人难忘的味道就是拉面中使用岩盐的结果。

产自咸水湖的为湖盐（如青海茶卡盐湖的湖盐）。我曾有幸去了青海省的茶卡盐湖——天空之镜，放眼望去，那盐湖仿佛在讲述盐和这个城市的故事。景区推销的特色商品自然也是湖盐。有烧肉用的盐，有低钠盐，还有大青盐，那标注“源自海拔 3100 米”的宣传语一定会让你忍不住买上一点回家，用来炖肉炒菜。

如何在做菜时把握好盐的用量？我的经验就是“梅花盐”。大家知道唱戏中的兰花指是很优雅的舞台动作，而“梅花指”与此相似，拇指和食指、中指相触，如同梅花那般轻盈优雅。做菜时用“梅花指”捏盐，轻轻地撒在食材的表面，这样放盐恰到好处，因为**用有温度且灵活的手指放盐，不仅带有柔情，而且比较精准。**至于有的烹饪爱好者，已经练就了用小调匙放盐的功夫，也未尝不可。

建议每人每日摄入食盐不超过 6 克，该用量可以满足机体对钠的需要。使用榨菜、腐乳、酱油、豆瓣酱、蚝油等含有盐分的食材或调料时，烹饪中盐的用量就要相应减少，防止“高盐值”带来的过量摄入。

水墨画般的茶卡盐湖

撒“梅花盐”

盐是一种调味料，从大自然中提纯萃取，最终成为人们烹饪的必备品，凝结了大众百姓的智慧。而对我来说，在盐不过量的前提下，把菜做得好吃是我的原则，否则盐的分量不够，辜负了老天爷给我们每个人的味蕾，真的是可惜了。盐用好了，菜也好吃了，“巧厨”就离你不远了。

中国地大物博，幅员辽阔，南方北方，不同地方的菜系对盐的使用都不一样，所以中国人的菜谱里喜欢用“少许”“适量”来表述用盐量的多少。很多人不太理解，其实这是中国传统文化中关于整体感觉的意境式表达，也是中国人关于拿捏的学问，而有的人却喜欢用数学的思维来追问。有本书《人工智能之不能》恰好说明了有些问题不是数学能解答的。数学是一种思维的模式，而不是斤斤计较。有的美食网站上，大家分享出来的美食菜谱中也是多少克之类的写法，我想做菜的时候，如果按照这个来，估计会让本来有趣味的事情变得繁琐而无趣。大凡厨师和有经验的主妇是不会用秤去称调料的，用秤可能更适合初学者。一旦大家熟练地掌握了用盐的比例，即使菜谱上的用盐量还是“少许”“适量”，大家对盐恰到好处的拿捏和那用“梅花指”撒落的盐，会让大家的美食越做越好。

谈吃，自然少不了袁枚的《随园食单》，这部有韵味、有力道的饮食随笔，为后人称道。书中的“补救须知”里就有关于盐的记录：“淡可加盐以救之，咸则不能使之再淡矣。”盐作为制作美味菜肴最重要的元素，少之寡味，多之则毁。越是好东西，越要克制欲望，做人也是同样的道理，恰到好处才是美。在南北朝时期，一位名叫僧伽斯那的人写了这样一则寓言故事——愚人食盐。“昔有愚人，至于他家。主人与食，嫌淡无味。主人闻已，更为益盐。既得盐美，便自念言：‘所以美者，缘有盐故。少有尚尔，况复多也？’愚人无智，便空食盐。食已口爽，反为其患。”故事以“食盐”这件事影射人性欲望，细品起来非常有意思。

5. 敢为人“鲜”为知“鲜”

《说文解字》里的“鲜”，最早是由三个“鱼”字组成的，指鱼很新鲜，“鲜”在烟熏火燎的肉食文化时期，多指食材的新鲜。有了盐之后，鲜味的呈现方式也多了起来。南北朝的《齐民要术》中记载先民捶碎牛羊骨以提取“鲜汤”，宋朝的《山家清供》中记录了笋子烧熟后“其味甚鲜”。味精发现以前，传统的中餐都是用高汤来调鲜味，随着科学技术的发展，人们对食物中鲜味的认识越来越深入，比如肉类的鲜味大多是蛋白质里所含有的，要吃鲜，就找蛋白质。当人们对鲜味的认识从肉食走向时蔬，人们认识到蘑菇、笋和黄豆芽汤中的鲜味无穷。我父亲是个烹饪的好手，记得他做菜的时候，经常把泡发香菇的水留下来炒菜，也难怪父亲做的菜，小女总是吵着要吃，记忆里的味道，也许就在鲜味里展开。

民间对误传的“鱼羊为鲜”还深信不疑。我曾在湖北英山的一农家菜的餐馆，品鉴了土灶烧的“鱼羊鲜”。“鱼羊鲜”历史悠久，敢做这样的菜的老板肯定是有点底气的，否则不会用这样的名号来撑门面。选好鱼头后，土灶炉膛里烧起了柴火。锅中首先放入五花肉煸炒出香味，再加入蒜头、姜块以及大葱段，略放点辣椒，加点八角和桂皮，再放入鱼头煎炒一下，接着加入汤汁，放入事先煮好的羊肉，加好调料，盖上锅盖，大火烧约 15 分钟。揭开锅盖后，只闻得香气四溢。品尝一番，羊肉鲜嫩，鱼肉鲜滑，汤汁浓稠，味鲜而美，唇齿留香，唇舌相碰，余鲜犹存！虽不是饕餮盛宴，但女儿连称好吃，我也不言语，只是食肉并用鱼羊汤泡饭，几碗下肚仍意犹未尽！用现代的观点来看，羊肉、鱼、猪肉本身都是鲜美的食材，究竟是“鱼羊鲜”的古法烹饪造就了鲜味，还是食材相互作用从而产生了极鲜的味道呢？其实只要好吃，让人的旅游在完美的美食里画上了圆满的句号，也就无须太追究了。

鲜美的“鱼羊鲜”的食材

鲜香四溢的“鱼羊鲜”

美食的制作过程中，增鲜的方法也是很多的，尝鲜的最好方式就是吃肉，分解蛋白质是提鲜的方法。熟透的西红柿是天生的“提鲜剂”，因为熟透的西红柿中所含谷氨酸比例较高，这是西红柿鲜味的来源。另外，合理搭配食材是提鲜的“必杀技”，食物中的谷氨酸和鸟苷酸一起可以让食物鲜味倍增，虾、贝类、干香菇等都是较好的增鲜的食材。鲜味已经成了我们日常生活的一部分，当经过了一天忙碌的工作和学习，回家后端起一碗热气腾腾、极为鲜香的肉汤或海鲜粥，那一刻，想必会是吃货的人生巅峰。

螃蟹被认为是鲜美的化身。鲁迅先生曾说：“第一个吃螃蟹的人是很可佩服的，不是勇士，谁敢去吃它呢？螃蟹有人吃，蜘蛛一定也有人吃过，不过不好吃，所以后人不吃了。像这种人我们当极端感谢的。”有次到外地出差，一个汤包馆的连锁店里标价 45 元一笼的蟹黄汤包引起了我的好奇，品尝后，那蟹黄特有的鲜美直入肺腑，仿佛我身体里的每个细胞都在尽力吸收着这令人陶醉的鲜味。被俘虏的我，只得再来一笼。临走时，我专程打车过去又打包一笼，回家和家人分享，这也许是吃货才有的举动了。

鲜味是人们一直追求的，鲜味给人愉悦的享受。人们苦苦追求鲜味，就像追求一种精神力量，那种虔诚和执着，千百年来不为所动。敢为人“鲜”，至死不渝。

西红柿蘑菇汆圆汤

特点：制作简单，营养丰富，味道鲜美，口感鲜嫩。

原料：本地西红柿2个，平菇或者小蘑菇2两，肉馅半斤，葱姜少许，调料少许。

制作：

（a）西红柿切成小块待用，蘑菇切成小片，肉馅（前夹肉为好）加生姜、生粉、盐、味精、水，调和好待用。

（b）锅中放油少许，放入切成小块的西红柿，煸炒出红色汤汁后加蘑菇，继续煸炒一会儿，加冷水1000毫升左右（根据食材数量调整）。将调好的肉馅挤成肉圆下锅，烧开后，小火继续煮15分钟。汤中加少许盐，可以加点鸡精，不加也可以，根据个人的口味而定。撒上葱花，就可出锅。

说明：熟的西红柿会产生大量的鲜味物质——谷氨酸，菌菇类多含鸟苷酸，西红柿的酸味和猪肉所含的肌苷酸一起，味道的鲜美程度是平时的数倍左右。汤色诱人，味道鲜美，实乃老少皆宜、富含营养的一道美食。注意，蘑菇用大棚里人工养殖的为好。

6. 苦味满盈甜自来

近几年有人开始研究数字能量，每一个数字都具有特别的意义。生活中确实存在着许多有意思的数字，比如有个成语叫“五味杂陈”，就很抽象地将人的味觉分为五类：酸甜苦辣咸。这五种味道中，大概苦味最为特别。

对苦味的抗拒是人类进化过程中自我保护的表现。在远古时代，人类会采食野果，成熟的、好的果子都是甜的，不成熟或者坏掉的果子就是苦涩的味道。因此，人类形成记忆，对苦味的东西产生排斥，认为苦的是不能吃或者不好吃的。这样的记忆深植基因，一直伴随人类的发展。所以到现在，人们还是会将苦与不好联系在一起，无论是饮食还是其他事物的，诸如心情、运气，等等。

但是存在即合理，“苦”作为五大滋味之一，有着非常重要的意义。人类逐渐发现，不少有苦味的东西不仅不是坏的、有毒的，相反还是对人有益的，甚至可以治病，比如神农尝百草所发现的许多草药，其中不乏苦味的，特别是茶叶的发现，让这种带苦涩味道的植物成为全球两大饮品之一，也一度为中国赚取了巨大的海外财富。

就像人对辣的承受度不同，人对苦的接受度也差异巨大。人能够识别苦味的部位主要在舌根。复旦大学曾经做过一个有意思的研究，发现了一种名为“TAS2R16”的苦味基因，而中国人的这种基因要强于其他人群，所以对苦味具有更强的敏感性。由此可见，就像有些人不能吃辣一样，有些人是真的不能吃“苦”，与挑食无关。

俗话说：“良药苦口利于病。”从健康角度来看，有时候吃苦，对人体的健康还是非常有益处的。从营养学来看，苦味的食物对人体的确有很多好处，特别是人因为味觉对于苦味的东西摄取得少，所以偶尔吃点“苦”，非常有必要。当人的身体有火气、燥热的时候，吃点苦瓜、苦菜，喝点莲子芯或茶叶泡的饮品，就能起到清热、解毒、凉血、降火的良好效果，这就是食疗的力量。清代汪森编辑的《粤西诗载》中有一首《食苦瓜》的诗：

东山戍忆敦瓜苦，
南徼瓜尝苦味严。
凉颊顿回炎海梦，
却怜迁客久忘甜。

苦和甜是一对反义词，也是两种截然相反的味觉感受，但是在真正的美食中，苦和甜的融合又能产生奇妙的化学反应，这就是“消杀”反应。我做过一道苦瓜酿香蕉：把苦瓜切成两段，去掉瓤，焯水摊凉，再把香蕉肉塞进苦瓜中间，冰镇后切片。这道菜色泽黄绿相间，自然协调，味道苦中有甜，冰爽可口，非常适合夏天。在咖啡中加入糖，就可以淡化咖啡的苦；而在甜腻的芝士蛋糕里加入咖啡，洒上可可粉，

有爱的苦瓜肉圆汤

就成了味道绝美的提拉米苏。爱喝茶的茶客都知道一个词——回甘，意思就是苦涩的茶喝下之后，口中会涌出淡淡的甜味。这种感受有点像生活，辛苦的付出总能换来甘甜的回报，一分耕耘一分收获，就是对苦尽甘来最好的注释。

我有一个很好的朋友，他说他家的小朋友非常不喜欢吃苦瓜，为此他想了很多方法，把苦瓜做得能让小朋友喜欢。最终，他研制了一道苦瓜肉圆汤，成功让孩子接受了苦瓜。这道汤的工序对于家常菜来说有些繁琐。朋友先把苦瓜去瓤，用热水焯一下，去除一些苦味，然后在苦瓜汤里放入肉圆，增加汤的鲜味，甚至还加了一些西红柿，以增加酸甜味，淡化苦味。这道用心做的苦瓜肉圆汤我尝过，确实是小朋友更喜欢的口味，而且颜色有红有绿有黄，也让孩子喜欢。虽然只是一道家常菜，但是过程一点也不简单，而且融入了浓浓的父爱，是一道独一无二的菜肴。这道汤会伴随孩子长大，也许会成为孩子一生中温情而甜美的记忆。其实懂得食物的味道科学的人，知道苦味在热的状态下会淡许多，苦味在冷的时候会更浓，而好吃的苦瓜烧肉在被放置一天之后，那浸透在苦瓜里的肉的鲜香和苦味融合，让菜的味道变得稳重，让鲜味变得更加有依托。有人称周作人的散文有"苦味中的闲适情趣"，也是人们对苦味的致敬了吧？

凡事都有两面，却能相辅相成。就像苦中也能蕴含甜蜜，人生的际遇也是苦甜相交，相互重叠。《奇葩说》节目中有一期，柏邦妮曾感叹："心里全是苦的人，要多少甜才能填满啊。"马东回复："你错了，心里有很多苦的人，只要一丝甜就能填满。"**人生就是这样，只有吃过苦的人，才更能品出生活中的甜，也会更加珍惜当下的幸福。**

苦总是夏的甜蜜

7. 香料总能引出美妙的味道

《米其林情缘》中，22岁的印度青年哈桑随家人搬到法国南部，一家人在那开了一家印度餐馆，很快他便引起了街对面一家米其林星级餐厅的女大厨马洛里女士的注意，在她的帮助下，哈桑最终成为一名著名厨师。这部电影把食物和生命的关系阐释得颇有哲理。一名印度厨师，成为法国的米其林大厨，靠的是什么？这是给我的思考。我想主要是他们对如印度歌舞那般绚丽浓厚的香料的应用。这一点从电影里男主角哈桑给马洛里女士做煎蛋卷时放入各式香料的情节就不难看出。男主人公那句“我觉得200年太久了”是对法国传统料理的挑战，更表现出了一种印度美味“入侵”的大胆和无畏。法国小镇油画般的晚霞风景和散发出艺术感的食物，直达我的内心。影片的评价一般，但给我的启发却很大。

我自由行走过十几个欧洲国家，每到一处，美食“打卡”是我必做的功课。有着传统东方人口味的我，居然也能接受大多数欧洲的美食，还能从中找到不少愉悦和欢乐。法国的鹅肝、西班牙的海鲜饭、意大利的牛排、捷克查理大桥附近“网红”餐厅里的火焰冰淇淋和意

龙虾汁烩意大利土豆丸子

浸煮鲷鱼柳佐芝士奶油羊肚菌烩饭

柳橙甘笋蓉汤

面，都是我所喜爱的，究其原因就是：它们都香且鲜。

西餐多以香见长，中餐多以鲜为特色，香和鲜就像中国传统文化里的阴阳。阴阳是阴中有阳，阳中有阴，香和鲜则是香中有鲜，鲜中有香。鲜多和水相关，符合中国人以水为阴的说法，香多和烤相联系，有阳的特性，这是天津的高成鸢先生的观点。《易经》谓“一阴一阳之谓道”，正如阴阳的和合，鲜香带来的美味也阐述了味道的真谛。正是因为有了这样的基础，所以不论走到世界的哪里，我都能让自己的味蕾得到慰藉，但美味的记忆永远在东方。

各个国家的美食有其常用的香料：墨西哥主要用芫荽、孜然、牛膝草、大蒜和肉桂；法国主要用肉豆蔻、百里香、迷迭香、薰衣草；泰国主要用罗勒、孜然、大蒜、姜黄、小豆蔻、咖喱粉；印度主要用肉桂、薄荷、辣椒、姜黄粉、印度综合香料和咖喱粉。香料应用于餐食中，可去腥解腻，还可以刺激消化液分泌、增加食欲，好处非常明显。

如果想进行中式烹饪，八角、桂皮、小茴香、葱、姜、蒜、辣椒、花椒、胡椒是常用的几种。

对西餐的香料我没有太多的研究，但对中餐的香料使用还是有所了解的。八角的味道很香，烹调时只要加入少量就足够了，小茴香和八角一并使用，能缓和一下八角的浓香。烹调牛羊肉的时候，可以将甘草、丁香和桂皮混合使用，以消除牛羊肉的腥味。人们常用的五香粉是由桂皮、丁香、小茴香、八角和来自四川的花椒混合而成的，具有热辣、略甜和微苦的口感特点。五香粉的由来与中国文化要求酸、甜、苦、辣、咸五味平衡的理念有很大关系。这种混合香料尤其适用

诱人的香，一点就够

于烘烤或快炒肉类，以及炖、焖、煨、蒸、煮的菜肴。

香料多在做卤菜时使用，使用时必须遵循“君臣佐使”的原则，切不可乱用。香料有苦香型、浓香型和清香型三类。使用时只需使一味或一组香料的味道最为突出，用量最大，其他的都是起辅助作用的，其目的是增香、去腥、解腻。

菜肴制作中有前香和后香的区别，以传统的上海熏鱼为例，通常做菜的时候最后放麻油和蜂蜜，而上桌后客人首先就能闻到其带来的令人舒适的香味，这叫前香；而大小茴香、陈皮等香料在烧制的过程中使用，香气渗透到食材的内部，这叫底香和后香。不同层次的香味和甜味，在酸的中和下，被演绎得丰富多彩，吃起来滋味悠长。

香气以闻起来令人舒适、吃起来唇齿留香为好，菜肴中如有一些苦涩的异味，都是香料使用不当造成的，我们记住：使用香料，切不可贪多，令人舒适的东西，都是用量得当，保有淡淡的味道即可。

人生漫漫路，有了香的陪伴，就有了不一样的味道。其实人们都在寻找值得咀嚼的香味，那既是食物的美味，也是生活的味道。有香味的日子才有趣，无论是陶潜的“采菊东篱下，悠然见南山”，还是刘昚虚的“闲门向山路，深柳读书堂。幽映每白日，清辉照衣裳”，都是因为心中有歌，眼里有诗，他们方才把平常的日子过得有滋有味，溢出书香、情香、生活香。

有香味的日子背后，必定心境高远，闲看得失。**有香味的日子只属于自己，不可模仿，只有自己才能感受那种美妙。**

8. 甜品——化不开的温柔

有人说，女人有两个胃，一个用来吃饭，一个用来吃甜点。其实女人和甜品有着相似之处，两者都有吸引人的外表，或精致，或秀美，内在都细腻、柔软。女人柔情似水，就像蛋糕里面绵密的奶油，极易被热情融化。

小时候的甜品，是一种可以让心里开花的食物。父母做的甜品会让你感到温暖无比，与恋人一起吃的甜品，甜的是心。从小到大，我对甜品的痴迷一直未减。甜品的变化是非常有时代感的。二十世纪七八十年代，物资还比较匮乏，那时的小孩能吃到糖就算是超级幸福了。所谓的甜品就是红糖顶顶糕、水果蛋糕、发糕、米粑粑、红糖馒头、甜烧饼，等等。这些看似是主食的东西，就因为是甜的，所以格外受人喜欢，比咸味的更畅销。如果能吃个鸡蛋糕，那简直像过生日一样开心。

元宵（汤圆）是节气美食，也是甜品。桂花汤圆是经典的做法，有次去同学家里，祖籍宁波的阿姨做的桂花馅汤圆里，加了一点青梅，那清凉的味道，把我的味蕾彻底俘虏，至今我还记忆犹新。

一点青梅入桂花，满口清凉解甜腻的糖水元宵

甜度很高的马卡龙

喜欢甜食是人的本能，甜味是婴儿出生后首先接触到的味道，而且经常吃甜食的人会越来越狂热，这种狂热来自身体的需要。人在吃甜品的时候，大脑的多巴胺能神经元被激活，之后释放多巴胺，这种令人兴奋的物质分泌越多，大脑就对它越渴望，所以人吃了甜食，还想再吃。吃甜食客观上可以给人体补充能量，人因此会产生一种快乐的感觉。人们对美好的事物总是用“甜蜜”来形容，这种词语上的关联，也让人产生心理上的联想，这也是人们喜欢吃甜品的原因之一。

世界上比较流行的甜品马卡龙，是法国最有名的特色美食之一，不过这种点心甜度太高，不善于吃甜的人可能会觉得太甜腻，它通常是两块饼干之间夹果酱或奶油等内馅，以丰富的口感、多变的色彩闻

微苦带甜、微酸醉人的提拉米苏

细腻绵软、入口即化的芒果慕斯蛋糕

名全球。以其美丽的传说风靡全球的提拉米苏也较为流行。修女泡芙最大的特色便是上小下大的两颗泡芙相叠的造型，中间以鲜奶油相连，泡芙里则是满满的卡仕达酱。由于上层小泡芙旁涂着奶油，很像修女服饰的花边，因此法国人称这道甜点为“修女泡芙”。“黑森林”是德国著名的甜点，是一种“原本没有巧克力的樱桃奶油蛋糕”。慕斯蛋糕带有淡淡的乳酪香味，十分诱人，美味至极。

喜欢吃甜食的人脾气都不坏，他们的坏情绪可以被巧克力、蛋糕、布丁、奶酪等一切甜美的食物“代谢”殆尽。才女张爱玲也对冰激凌、蛋糕等甜品“爱不释口”，她尤其喜欢老上海凯司令的“栗子蛋糕”。

中国的甜品花样之多、食法之讲究，在世界上恐怕是数一数二的。西餐中的甜品，不外乎是奶油、鸡蛋之类制成的糕点，但在中国却不一样，每个地方都有不同特色的甜品。在中国，最具特色的甜品要数广州“糖水”。

酥皮松脆、挞心香甜的蛋挞

港式甜品中双皮奶、杨枝甘露、港式蛋挞是比较受大家欢迎的，或甜中有酸，或甜而不腻。制作甜品的秘诀，就是一定要加点盐，使味道相互作用，厨界就有“要想甜，加点盐”的说法。台湾甜品如烧仙草、芋圆都是那种充满浓浓温情的复古风格，味道经典，给人“返璞归真”的感觉。

中国人向来对甜品喜爱有加，以至于我不得不多用点笔墨来描述，否则有种“对不起”甜的感觉。冬日午后，热甜水带给人温暖；夏日炎炎，冰凉的饮品让人身心舒畅。大街小巷，甜品店比比皆是，移动的小商贩也总是用甜品来“讨好”路人，给人带来美妙的享受，足见人们对甜食的偏爱。

吃甜食易发胖，饱餐以后吃甜食最易使体重增加，且过多的糖会刺激胰岛素分泌，易诱发糖尿病，对孩子易引起蛀牙、降低免疫力。运动是唯一能“治愈”甜点“后遗症”的方法。世卫组织早就倡议全球限糖，甚至有些国家有专门的“糖税”，但这仍然阻挡不了人们对甜食的热爱。无论如何，只有适度地控糖，才能在生活中体会真正的甜蜜。

虽然甜品把讨好味觉的艺术发挥得淋漓尽致，但生活中没那么多甜蜜，更多的是平平淡淡的感动。**用心去感受那些平淡，一切才能如甜品般美妙。**

9. 无辣不欢的辣椒

有的辣椒一咬下去就感到辣，有的是咽下去才觉得辣，有的是吃后满嘴都辣；有的辣前舌，有的辣喉咙；有的闻起来辣，吃起来更辣，还有的辣味在几米开外的地方就呛人。形容辣度的词语也是层出不穷：麻辣、火辣、劲辣、爆辣、酷辣、爽辣、辣得过瘾……听着也让人口水直冒。

如果说盐是百味之母，辣椒则可以算是当今的味道新贵了。吃辣的人群越来越多，有种“怕不辣”的阵势。全国的辣椒年产量大约四千万吨，比其他食材的产量高出许多。

辣椒果实所含辛辣成分有辣椒碱、二氢辣椒碱、高辣椒碱、高二氢辣椒碱、壬酰香荚兰胺及辛酰香荚兰胺等。辣，并不是一种味觉，而是痛觉。切辣椒时会“辣到手”，是辣刺激皮肤产生的痛觉，手部的末梢神经会有反应。人们喜欢辣椒自有原因：辣椒可以施放天然的镇痛剂——内啡肽，我们会因此心跳加速、满头大汗、分泌唾液，大量内啡肽的释放，会让人心情愉悦，爱上火辣的味道。

辣椒与舌尖的碰撞，仿佛有火花一般。别看辣椒外表是暖暖的红

红辣椒和长辣椒

将辣椒腌起来，可四季吃

色，一进入嘴巴里，仿佛能让人口冒白烟，甚至逼得人直流泪。吃过辣椒苦头的人可能会对“心狠手辣”感同身受。

辣椒出现在中国人的餐桌上之后，中国人把这种食材应用得出神入化，在各地变化出无数的美食。辣椒作主食材的时候少，虎皮青椒可能是大家的喜爱，但绝大多数时候辣椒还是作为配料和调料入菜。我们常说，贵州菜是淳朴自然的酸辣，湖南菜是热情似火的香辣，川渝菜是任侠义气的麻辣，云南菜是天真浪漫的甜辣。这些感受大多来自不同地方烹饪辣椒的特色。

做菜时，辣椒的运用方式多样。做低辣度的菜时用青椒、甜椒，此外做鱼香肉丝时用的豆瓣酱辣味也有限，多呈咸辣；做中辣度的菜如川湘菜时常会用上干辣椒，海南的灯笼黄辣椒也算中辣度，常用于酸菜鱼，剁椒鱼头里的剁椒也是中辣度的辣椒；四川火锅中的辣椒油有大量辣椒籽和切碎的干辣椒，虽然可根据不同的需要选择不同的火锅辣度，但纯辣椒油应该属于高辣度的产品。

辣椒的维生素 C 含量居蔬菜之首，其在抗氧化、增强身体抵抗力之余，又可延缓衰老。辣椒里维生素 B、胡萝卜素以及钙、铁等矿物质的含量亦较丰富。

中医认为，食辣是否有益因人而异，所谓“寒则热之，虚则补之”，身体虚寒的人气血运行较慢，经常会有手脚冰冷、四肢无力、低血压和头晕的症状，所以多吃辛辣温性的食物，能促进气血循环，有助减轻虚寒症状。相反，燥热多汗、阴虚湿热就不宜经常食用辛辣的食物，不然就会热上加热，加剧不适，后果可能更严重。现在年轻人是肠胃疾病多发的人群，辣椒一定要在肠胃正常的情况下才能食用，否则只能是火上浇油，得不偿失。

辣的感觉是辣椒碱引起的，它刺激了神经末梢疼痛的感觉。日常饮食中吃甜的和酸的食物可以帮助解辣。甜能遮盖并干扰辣味，酸可以中和碱性的辣椒素。如果觉得太辣了，蘸点醋，喝点牛奶、豆浆，喝碗冰凉的甜饮料，来块凉爽的水果都很有用。

可是有人怕辣又喜欢吃辣椒，怎么办？有个好办法：规则地食用辣椒，让舌胃一点一点地适应，而身体的疼痛感也会慢慢麻木，与此同时，喝点牛奶、酸奶等上述饮品，因为牛奶能缓和辣椒碱的味觉刺激及其引起的胃酸。慢慢去适应辣，再逐步提高自己对辣椒的承受程度。刚尝试吃辣椒的人以吃青椒最为理想，它富含维生素而辣椒碱相对较少， 口感好又能避免引起胃酸。吃辣椒一定要避免空腹吃，否则没有得到保护的肠胃壁受到刺激，会让人腹痛难受的。

此外，如果是在家做辣菜，要尽量选滋阴、降燥、泻热的食物来搭配，如鸭肉、苦瓜、丝瓜、黄瓜等，也可以煮点清凉的绿豆汤来缓解辣椒的辣度。

人们常以“酸甜苦辣咸”来形容五味杂陈的人生，但尽管人生五味杂陈，人也可以像辣椒一样有点“脾气”。

10. 炒菜有法，拿捏有度

“炒”是中国烹调的代名词，也是使用最广泛的一种烹调方法，在烹饪史上占有一席之地。因其加工时间短，搭配可荤可素，实为老百姓做一日三餐不可少的方法。外国人对中国菜的初级印象就是油烟四起的“炒东西”，但是他们怎么也理解不了其中的奥妙。

如果传统的煮是指以水火分隔的方式加热食物的话，炒就是以水火短兵相接的方式让食物变熟的方法了。炒指一种以油为主要导热体，将小型食材用中旺火在较短时间内加热至熟、调味成菜的烹调方法。凡是食材，大都可以用炒来烹饪，其好处一是快捷，二是容易生成你中有我、我中有你的复合味道并产生新的口感，这也是人们喜欢炒的缘故吧。

植物性油脂在宋代的使用，使得普遍炒菜有了可能，炒也就成了中华饮食文化的象征和代表。炒使不相容的两种媒介相互作用：水借助油温使食材快速变熟，油借助水的柔润不使食材因高温而变焦糊。这火光四起、烟气升腾、妙趣横生的炒全靠厨师的胆量和娴熟技巧，让食材尽可能地保留口感和营养，不能不说是一个伟大的创举了。

炒菜可不能用这么大的火

当我们听到“炒东西”三个字时，可能会立刻联想到强火，虽然炒的关键是火要“大于”水，但炒也不是那么简单，只需大火快炒一下就行了的。其实，烹饪是一件“看易行难”的事，无法掌握得恰到好处，就会诞生许多“手残党”。将“炒”字分解，是“火”字旁加一个“少”字，直观的意思就是用强火少炒一下。如果火候强度不够或炒的时间过久，就会使食材水分流失而破坏了它的味道，也就是袁枚说的 “火弱则物疲矣”；如果火候过强或者翻炒得太慢，食材就会被炒焦。因此炒东西的时候，火力与时间的控制非常重要，业余的厨师往往不容易掌握这一点，而导致烹调失败。

炒东西时一般要注意以下几点：一是要先加入少量的食用油，使之在锅内加热，这是防止食材在锅内炒的时候粘锅的秘诀；二是控制食材的水分，锅内的热油一旦碰到水就会起“油爆”，所以要事先把食材洗好、沥干，炒蔬菜美味的秘诀就是要提前控干水分，否则蔬菜炒过头就会炒出来很多水，菜就不太好吃了；三是食材放入有先后次序，这样炒出来的菜才美味，例如炒回锅牛肉时，要先把配料炒至断生，再将其和熟制的食材一起炒，这样不会把配料炒得过烂，而这个要领经常被人忽略掉。

总之，炒就是要在司厨者的控制下，在水火相争中，使火略占上风，使食材味道融合，将水分锁在食材内，呈现出食物的美味。如果水火势均力敌，那做出来的菜的味道就会与美味相差甚远了。这就是炒得好吃的秘密——火候把控。

“炒”的本义是一种烹饪技法，现在也被延伸到其他地方，比如用“炒鱿鱼”来比喻辞退人，至于后来出现的炒房、炒股、炒作新闻等词，可能都和炒的特征及其被使用的频率过高有关吧。中国饮食文化博大精深，它和我们的生活息息相关，人的一日三餐离不开饮食，用饮食中的术语做比喻，直观且易于理解。

对炒这种技法，我觉得最有特点的应该还是川菜的炒法。对那些讲究味道的菜肴，川菜的炒法就显示出它的魅力来了。以川菜的鱼香肉丝为例，一锅成菜中，食材彼此融合，相得益彰，具体做法是：锅中放油少许，先下姜末、蒜蓉、豆瓣酱、泡椒煸炒，再下肉丝炒散，喷洒料酒，待响声大起，随即下笋丝和木耳等配料，同时加入糖、盐（豆瓣酱比较咸，盐少许即可，不放也行）、酱油、香醋、胡椒粉煸炒，响声渐渐消去时，调料和食材的味道在火候的热力下相互渗透、成就彼此，最后撒上葱段翻炒，即可出锅。一道葱姜蒜香浓郁、酸甜麻辣兼备、肉嫩笋脆、人见人爱的鱼香肉丝就这样大功告成了。不同于我们平时的炒法，这样一锅成菜的炒法适合大多数畅销菜，如榨菜肉丝、酸辣鸡丁、青椒肉丝和牛肉萝卜丝。

炒菜几乎就是烹饪的代名词。人生就是一道大菜，谁不要自己炒一下呢？做人如炒菜，菜炒不好可以重来，但做人把握不当，可能会弄巧成拙。而做到游刃有余、把持有度，何尝不是像炒菜一样，是一门需要学习和拿捏的学问呢？

好吃解馋的油麦菜炒牛肉丝

11. 红烧——厨艺高低的试金石

红烧是常用的烹饪方法之一，它需要时间的浸润和火力大小的变化，既可以使食材和调料的味道充分融合，又可以使食材本身的滋味充分地表达出来。中国菜的食材一般来讲都很普通，经过一番烧制后，大多可以变为人间的美味，好吃不贵，这也是中国人的口福。

烧制菜肴的主食材必须先经过一种或一种以上的热处理，再放汤或水或调料，用大火烧开后，再改用小火慢烧。由于烧制菜肴的口味、色泽不同，有干烧、白烧和红烧等区别。白烧和红烧的区别在色泽的不同，干烧又称为大烧，是见油而不见汁。

烧菜，集烹饪之妙，把水、火和食材融合在一起，**让食物既有阳的热烈，又有阴的滋养，使得我们的菜肴有了五行的高度和“道生阴阳”的哲学的味道。**烧菜是兼煮、焖、烩、熬等多种烹饪方法于一体的重要的烹饪技法，可以说，掌握了烧的技巧，其他的烹饪方法也就不在话下了，难怪厨界把红烧作为考核一个厨师水平高低的试金石。

烧菜的秘诀在于，小火烧制的时候一定要加盖烹制，水汽升腾又落下，仿佛从天而降，和来自大自然的食材融为一体，有天地和合的妙趣。伊尹说，经过精心烹饪而成的美味之品，应该达到这样的高水平：“久而不弊，熟而不烂，甘而不浓，酸而不酷，咸而不减，辛而不烈，淡而不薄，肥而不腻。”

经常有人问我，你做的什么菜最好吃，我说，我做的鱼最好吃。准确地说，是我做的红烧鱼是家人的最爱。

我做红烧鱼，多用鳜鱼、鲫鱼、鲈鱼和武昌鱼，烧制整条鱼的时候居多。红烧鲫鱼是我的拿手好戏，其好吃的秘密是：鱼的初步加工尤为重要，血污一定要去干净，这是把菜烧好吃的前提。整条鱼都需要打上花刀，便于入味，而加料酒和葱姜的腌制过程，也是必不可少的环节。到了烧菜的时候，开大火把锅烧热，用油把锅的内壁浸润，用块干净的抹布把鱼表面的水分擦干，再放入锅中煎炸。鱼不脱皮的秘诀在于，锅要用熟铁锅，锅要烧热，油要浸润锅的内壁，鱼皮自然

小女至今不忘的红烧鲫鱼

不会粘在锅上。把鱼的两面煎得略微发脆、发黄后，加入生姜、料酒、酱油、糖和醋，再加点水，水的用量一般是淹没鱼即可。大火烧开，然后转为小火，大约 10 分钟后把鱼翻个面，继续再烧 15 分钟。当鱼眼突出、鱼身柔软，鱼随着水的沸腾而不断上下浮动的时候，把火调大些。当发现锅边出现黏锅的胶质物，烧鱼的汤汁冒细泡时，鱼就差不多快好了。我一般是另用一锅，加少许油，将葱段放进去煸炒，再放在鱼身上，这样葱香味被油激发出来，会更香，去腥的效果也会更好。鱼快出锅时不用收芡，汤里鱼的胶原蛋白充分加热后形成的自然芡是最好的。最后撒上胡椒，去腥增香，鱼就可出锅了。一条色泽油润、红里透亮、味道鲜美的红烧鱼就出来了。可能有的读者会问，为什么没什么太复杂的动作啊？是的，老子说过，治大国若烹小鲜，意为治理大国要像煮小鱼一样，不能多加搅动，多搅则易烂，比喻治大国应当无为。因此，烹鱼不复杂，就是不要太多地翻动鱼身，老子就是从烹制鱼的方法中悟出的治国之道。

其实，大厨烧菜，就是通过火候和时间变化，把食材的味道激发出来。把火的热力，通过水的柔软传达到食材的内部，实现**“有味者使之出，无味者使之入”**的目的。烧菜水平也通常是对一个厨师水平的判断标准，“这个师傅的菜烧得如何啊？”足见烧菜在一个厨师水平评价中的分量。而浓油赤酱大多是用以形容红烧的颜色和菜汁的浓稠的，只有通过烧制，菜的颜色才能由里到外红润发亮，那是一种时间的浸润，是一种火力的渗透，更是一种长情的等待。烧是一个过程，也是一种等待，等待着变化，等待着惊喜，把对家人的疼爱和呵护，浸润在烧菜的过程中。烧的虽是菜，那烧出的美味也让人收获了幸福的感受。

肥美的红烧鮰鱼

入味的鹌鹑蛋红烧肉

12. 不经油来煎熬，哪来香飘四方?

美食的诱惑，来自其色彩给人的愉悦，或其香气给人的吸引，而香喷喷的油炸食物，往往色香兼而有之，一直以来受大家的喜欢。

我由于职业习惯，总是好奇地观察周边人最喜欢吃什么。我发现大家对炸的食物总是情有独钟。

为什么大家对油炸的食物那么偏爱呢？食品科学告诉我们真相无非基于两点：一是炸的食物大多是脂肪丰富或者蛋白质丰富的食材，食材本身的脂肪和味美让人无法拒绝；二是用油脂煎炸之后的食物，大多酥脆芳香，不仅刺激着人的嗅觉，更吸引人的味觉。对油炸的食物，有的人不仅喜欢，甚至还有点欲罢不能。世界上有那么多种减肥方法，大多数却都以失败而告终，其缘由就是身体越是抵抗对脂肪的需求，人体就会发出越强烈的需求脂肪的信号，所以有人指出，减肥的方式是合理摄入脂肪，而不是拒绝脂肪。

食品经油炸之后，内外的香味得以散发出来，为一般大众所喜爱。下饭、下酒的菜品中，有很多菜肴都是用油炸方式烹调的。油炸食品并不难做，但要炸得好吃，就一定要炸得很香脆，才能算是一道好的油炸美食。若无法将食品炸得香脆，究其原因有：锅的容量不够大，锅里的油量太少，火候不够强，炸的材料太多。油炸的秘诀是：一定要用大锅、满油、强火和适量食材。

炸是一种利用油的高温，在瞬间锁住食材内的水分，使食材外部酥脆芳香，口感上外焦内嫩的一种烹饪方法。油炸的温度是关键，太高会让食材焦黑，太低不仅会让食材含油，而且还会降低成菜的品质。油炸时的油温，需要手掌和眼来综合把握。用手掌测量油的温度的方法是：手掌放在离锅约 40 厘米的上方，感觉有股热气刺激手掌、油面有烟微冒出的时候，就可以把材料加入锅内油炸了。用眼看的方法来测量油温时，可以先将一块食材放入油锅中，如果食材入锅后冒烟，周围有很多气泡，就表明油温已经足够了。油炸所需的油温大约在 170 ℃，油炸的时间很紧迫，每次食材下锅之后都要立刻加强火候，因为油炸一般用强火，但是一旦食材下锅，油温会立刻降低，因此需要立刻加强火力，否则炸出来的食品就会不够香脆。当然，持续地加温，也可能会将食材炸焦，因此每一次食材下锅之后就要随时注意火候，适当的油温才能炸出香脆可口的食品。总之，炸的要领就是要注意调节火候，火力的大小，一定要和油温的高低、食材的多少相配合，才能保证食品达到酥脆的效果。如果炸得太软，该如何补救呢？如果食品炸得太软，就可以再炸一次，重新炸的时候，油温一定要适当高点，最好不时地观察一下，千万别炸焦了。

油炸的种类有清炸、干炸、软炸等。炸制的美食大多会有令人垂涎欲滴的香味和外焦里嫩的口感，让人各个感官发生 “翻天覆地”

的“大爆炸”，好像能“炸开”你的味蕾，让人吃得不想停。

炸制的菜肴很多，这里给大家推荐一道老少皆宜的流沙土豆丸。与家人一起品味，可以吃出满满的幸福；三五好友相聚时品尝，亦能品出“偷得浮生半日闲”的那份逍遥。一口咬下去，流沙馅喷涌出来的那一瞬间，尽管烫嘴，但暖心的咸甜鲜味直击味蕾的深处。

流沙土豆丸

① 外皮

原料：黄心土豆3个，盐少许，黑胡椒粉少许。

制作：将黄心土豆（带皮）放入烤箱中，用150 ℃烤至用筷子很容易插入土豆中心即可。土豆变得温热时拿出来，去皮，压成泥，加入少许盐、黑胡椒粉，混合后，分成每个20克左右的圆球即可。

② 流沙馅心

原料：咸蛋黄6个，细砂糖75克，黄油90克，奶粉25克，吉士粉15克。

制作：把蒸熟后的咸蛋黄用勺子压碎备用。黄油加糖，用打蛋器打发成泥状，再加入咸蛋黄碎、吉士粉、奶粉，搅拌均匀后倒入盒子，使其冷冻变硬，再搓成每个10克左右的圆球。

③ 成品

原料： 面粉150克，鸡蛋3个，面包糠150克。

制作：

（a）将土豆球按压成圆片状，包入圆球状的流沙馅心，再搓成球状，放入面粉中，使其均匀裹上面粉。

（b）将裹好面粉的土豆丸裹上一层蛋液，再放入面包糠中，使其均匀地裹上面包糠。

（c）锅中放油，等油温到160 ℃左右，或见油面微微翻滚时，放入裹了面包糠的土豆丸，用中火炸制五六分钟，直到外表金黄即可。

④ 特点

色泽金黄，香气四溢，外酥香，内沙软。

流沙土豆丸的食材

流沙土豆丸的半成品

初加工完毕的流沙土豆丸

炸好的流沙土豆丸

13. 蒸蒸日上，“蒸”得好想你

中式的烹饪中，可能蒸是最能保持食物的营养和本味的烹饪方式了。火使水升腾为蒸汽，使食材成熟。过去人们做菜，还要将石头压在锅盖上或者将抹布盖在冒汽的锅边，以加大蒸汽的力量。蒸出来的菜肴，口味虽然可浓可淡，但大多数的蒸菜给人的印象都是清淡的、营养丰富的。谈到蒸的特色，我时常说的一句话就是：“蒸出来的都是营养。”

蒸菜所用食材的初步加工十分重要，也就是“前味”的操作。湖北是蒸菜的故乡，无所不蒸，鸡鸭鱼肉蛋菜虾，都是蒸菜的好原料。好的蒸菜荤素搭配，适合小孩和老人食用。人们聚餐，往往需要一道蒸菜上桌，一是因为喜欢它清淡的色调，二是因为喜欢它纯正的本味。

蒸的烹调方法是中国特有的，在西式烹调上很少见。西方人的饭食习惯一般都是边喝酒边进食，而蒸的食物味道比较清淡，不宜下酒。中国人以米为主食之一，蒸出来的食品很适合配饭，因此中国人常用蒸的烹调方法来做菜。蒸的烹调方法最能发挥食材本身的滋味，因此使用的食材越新鲜，蒸出来的味道越鲜美，这是将食物蒸得好吃的秘诀。

汽锅肉圆

肉类和鱼类要用强火来蒸，如果用弱火蒸，肉类会先去光泽，鱼肉会松软而不成形，且会留有较多的水分，这样蒸出来的菜会很不美观，因此要选用能充分蒸透食材的蒸笼，食材放进去之后用强火来蒸，这样才能保持其光泽。

海胆虾肉蒸蛋羹

鸡蛋要用弱火来蒸。蒸鸡蛋一定有很多人做过，虽然人人都可以做，但未必人人都做得好。很多人是用大火蒸蛋，这往往导致蛋水分离，不得不再次加热，且无法得到那种完美的完整、滑嫩的感觉。即使是专业的厨师，在蒸鸡蛋上可能也有过失败的体验。要做出软嫩好吃的蒸蛋，绝对不能心慌，必须要有耐心，用文火慢慢地蒸，这是蒸蛋的秘诀，看似简单做起来却不容易。

蒸的烹调方法分为清蒸、粉蒸、扣蒸、干蒸、果盅蒸等几种。常见的清蒸菜如清蒸鳜鱼、中式蒸蛋，都是清蒸的代表作；粉蒸是指将炒好的米粉粉末裹在腌好的食材上，蒸好之后直接食用。每一种蒸法都要花较长的时间，为了保持水蒸气的充足且持续，要随时注意补充开水，这一点经常被一般的厨师所忽略。

蒸菜富有营养、味道纯正。在众多的烹饪方法中，蒸“独步江湖”而多年不衰，其魅力就在于较好地发挥和衬托了食材的特点。当今汽

外糯内鲜的珍珠肉圆

锅蒸海鲜风靡海内外，鲜活的海鲜经猛火快蒸后鲜嫩无比，其蒸制时滴落的海鲜汁和锅底的粥融合。吃完海鲜，再喝上一碗鲜美无比、带着海鲜精华的粥，就如同我们吃汤圆时一定要喝一点煮汤圆的水一样，这叫“原汤化原食”。中国人会吃，而且不断发展吃法，与时俱进。

如果我们把做蒸菜比喻成一个目标的话，源源不断的蒸汽就好比是实现目标时的“一鼓作气”，中途绝不停止。

江城知名的诗人解智伟老师有一句非常精彩的“清蒸”诗：“鱼用自己的眼泪，蒸腾出荡气回肠的诗篇。”我甚是喜欢。

清蒸水蛋

突出清蒸水蛋风味的关键是用文火慢蒸。

原料：鸡蛋 3 到 4 个，高汤适量，韭菜或细葱少许，猪肉 50 克，盐 1/3 小匙，酱油两小匙，沙拉油一大匙，胡椒、味精各少许。

制作：将韭菜或细葱切成 0.3 厘米长，肉块剁碎，放在碗内，将蛋打散，与上述食材混匀，之后加入高汤、盐、胡椒、味精，搅匀之后放入蒸笼内，用文火蒸 15 分钟左右。将水蛋的表面蒸得像布丁一样光滑的时候，就可以取出来，在水蛋上淋些酱油和香油，趁热用汤匙吃。

说明：蒸蛋千万不能加砂糖，有了甜味之后就不好吃了。蒸蛋用的汤汁可以自己熬制，也可以买调配好的汤料，也可以用一点豆豉。有兴趣的朋友不妨一试，可令你尝到另外一种美味。

14. 以味为本，返璞归真

味既指口味，也指品味，对“好吃佬”而言，如果没能吃到好吃的味道，可能觉得活得再久也是乏味的。味道时常伴随着我们的记忆，将食物和情感联系起来，诉说着生活的美好。

从事烹饪教学和研究多年，我既有着自己的美食创新，对流行的新派美食我也在试图接受和理解，毕竟时代在发展，文化的多元使得美食也在“食无定味，适口者珍”中悄然变化。然而，无论时代怎样变化，人始终对曾经触动过自己心灵的真实而自然的东西记忆深刻，它或许是一件事，或许是一首歌、一本书，也可能是令人回味无穷的一道菜。

对美食，我记忆较深的还是家父的厨艺。他拿手的菜首推清蒸武昌鱼，鲜美的汤汁和鲜嫩的口感，特别是带着油脂的鱼肚，可以令人闭上眼睛久久回味。但最让我难以忘怀的是我第一次吃父亲自制的清蒸腊肉时的感受，无需什么调料，仅一点料酒、小葱和生姜就使腊肉香味四溢。牙齿咀嚼着肉的纤维，那香味仿佛让人进入了一个神奇的世界，真有古人发现鲜味时说的“口弗能言”的奇妙感受。若是喜欢

好吃的武昌鱼

干香味浓的腊肉

吃辣椒，将辣椒和腊肉一起干煸一下，那种干香的诱惑，也是让人无法自拔的。那肉鲜香味醇，时隔30年我仍记忆犹新，不能忘怀。家父的家常菜小女也常吵着要吃，多年来虽然我努力复刻那种美味，然而，也许是食材的变化，也许是味蕾的退化，我再也难以找到那奇妙的味道。

创新是民族进步的灵魂，这一点对饮食也不例外。近几年来，在“以味为本”的饮食观念的驱使下，厨师们开始反思自己的烹调风格。他们也开始存本味、去装饰，不勾浓芡、少用明油，用千般变化，博采各大菜系的精华，用原汁原味让人们感受到烹饪的真谛。一批野生的“土菜”，如泥蒿、花生芽、马齿苋也开始登上了高档酒店的大雅之堂。人们仿佛都被这野菜摄去了魂似的，城市里的喧嚣被品尝野菜时的宁静所取代，满足了人心灵深处对百般滋味的需求。

前些年宴请之风盛行，餐桌上都是山珍海味、特色佳肴，人们巡杯把盏、气氛热烈，好像每次吃饭都有什么纪念意义。而当你“身经百战”之后，对那些宴会的记忆可以说是一片模糊，更想不起到底吃了什么东西。倒不如到一位乡下的朋友家，虽说身在荒郊茅屋，但食材都天然又新鲜，如刚从地里割下的韭菜、从藤上摘下的丝瓜和从鸡窝里拿出的鸡蛋，用猪油加点盐炒上，不放味精，那香甜、脆嫩、肥滑、清鲜之味让人回味无穷，怎么也忘不了。难怪诗人杜甫吃韭菜时留下了“夜雨剪春韭，新炊间黄粱”的脍炙人口的诗句。

我曾去了被誉为“童话世界”的九寨沟，那境美自不用说，但在海拔3100米的地方我找到了多年来寻找的美味——山民做的回锅肉。

蒜香浓郁的凉拌泥蒿

温暖人心的糖粥

山猪肉的醇香浓厚就像是触发了大家心底的味觉记忆，大家不忍停筷，很快将菜一扫而光，但这绝对不是因为饿了吃什么都香。猪肉以华北型为好，但在这远离俗尘的西部能吃到这样的美味，多半是污染少的缘故。吃了这么多年的猪肉，我第一次感受到了这样的美味。当大家啧啧称道的时候，我在这充满梦幻和诗意的童话世界里感叹：“自然既赐予了人类美丽的乐土，也赐予了人类神奇的美味。”

现代人的饮食正在朝自然回归，往调养生息的方向发展。让心灵回到平静的起点，在繁华俗世中，用巧思烹调粗食，在美味的咀嚼中，体验与大自然合为一体的境界。每个人的饮食风格和习惯都不一样，真正触及心灵的美食，也许是山居之间的一盏佳酿，也许是慈母手里的一碗糖粥，也许是冬夜、深巷、寒风中的小食，但无论是哪一种，它必定是原汁原味的东西。我们应该好好去体会和追寻美食所传递的人生境界，它韵味无穷，清远悠长。

补记：本文于 2004 年 4 月发表在《食品与生活》上，此次收录时略有改动。令人欣喜的是，16 年过去了，文中的观点仍然有值得借鉴的、现实的意义。记得 2019 年 8 月，我自驾 6000 多公里，环游大西北，途经兰州菜馆时，点了一盘手抓羊肉，它没有加什么调料，但鲜嫩适口、香味浓郁，入口的刹那就让人感到口腹之欲的满足。以味为本是烹饪的真谛，对于懂美食的人来说，追求的必定是食材的原汁原味。以纯味打开味蕾、点亮生活，不需要复杂的烹饪，也可以让你成为充满幸福感的人。很多时候，用调料所调制出来的味道，虽然刺激着舌尖，让人留恋，可闭上眼睛、细细品尝以后，会生出郁闷的

肥嫩的手抓羊肉

大美青海湖

质疑：怎么食物的味道都是一样的？返璞归真让人远离城市的浮华，沉淀浮躁的内心，感受食物那纯粹自然的味道。

最质朴的生活方式是最打动人心的。**以味为本、返璞归真，会别有一番趣味，无需太多的装饰，生活滋味便自然而隽永。**

PART 3

趣食真知有灼见

贾平凹说:“人可以无知,但不可以无趣。”有趣是这个世界上的“稀缺资源”，一个人如果能使生活变得有趣，他也会给他人带来快乐。

吃得好、吃得雅，都不如吃得有趣更得人心。生活中的吃就是一个充满乐趣的事情，吃的学问深奥广博，遇见与吃相关的人和事，探寻美食的独特经历，都是人生的财富。行千里，食八方，便不会辜负这快意的人生和美食江湖。有趣是一种生活态度，更是一种真知灼见。

1. 我的盘子里有我的精神和性格

我和意大利烹饪教师安东尼奥·特瑞交往差不多快十年了。几年来，由于共同的职业背景，加上自己简单的英语基础，同时借助讯飞语音的翻译功能，我和安东尼奥聊起天来没有太大的障碍。

当我为书稿采访他时，他很愉快地接受了邀请，和我做了深入的交流和探讨。这位研究烹饪历史的老师十分热衷探索意大利和中国的饮食文化。安东尼奥告诉我，他一生都致力于让所有人了解地中海饮食文化的起源。中国菜和意大利菜的历史都很古老，许多菜都很相似。

相传，13世纪时，意大利旅行家马可·波罗把中国的面条传到意大利，如今意大利面食已闻名世界，仅面条就有几十种，此外还有各种馄饨、比萨等主食和小吃。安东尼奥说，要了解地中海的食物，需要从研究埃及和罗马的历史着手。他这种对历史负责和认真的精神，深深地折服了我。

安东尼奥说家乡对他影响深远，说起家乡的传说和故事更是如数家珍。在他还是六七岁的孩子时，每到冬天，他和他的祖母、母亲以及房子里的其他小孩一起，坐在壁炉前聊天，大人们会讲述家乡的传说和故事。拉梅耶拉的传说在他们脑海中留下了深刻印象，唤起了他们对传统和起源的爱与依恋。祖先们的故事，吸引了安东尼奥的注意力和好奇心，这种爱和对传统的关注影响了安东尼奥的烹饪精神。

大约5年前，安东尼奥来到中国，在此之前，他访问了许多其他国家，但大多时候他都是和学生在一起。他喜欢学生，他说学生就像他的家人，他试图与学生一起创造独特的时刻，试图把他对烹饪的热爱传递给他的学生。安东尼奥认为，教烹饪技术，一定要先教学生当地的历史、文化，再教他们怎么做菜。他肯定地对我说，如果一个人不熟悉中国历史，就不可能做好中国菜。安东尼奥一直称自己是一个年轻的老人，虽然年纪大了，但他的精神和灵魂都很年轻，所以和学生们在一起，他感觉呼吸的空气都令人陶醉，和学生在一起让他充满了活力，觉得人生有了强烈的意义。

在谈到意大利菜和中国菜的特点时，安东尼奥说人都是以自己的过往经验来感悟和比较当下对事物的认知的，这不奇怪。意大利菜最

和学生在一起让他充满活力

大的特点是追求食材的本味，并把它们发挥到极致，不做过多的调味，他借用世界餐饮大师的话说：“意大利菜就像一件手工精良的衬衣，看起来不打眼，穿起来十分地舒服。”

谈到对食物的认知和态度，安东尼奥有着自己的观点。他说食物告诉我们从哪里来，要去哪里，所有认真爱着这个世界的美食的心灵都是相通的。关于食物的认知有一点很重要，就是要尊重自然和他人。安东尼奥认为菜的特色和地域有关，地理环境会对菜的特色产生影响。食物的存在不仅是为了生存，它包含着生命的本质。

对美食和烹饪，安东尼奥更是有着自己独特的见解，他说：**“我的盘子可以不漂亮，但里面必须有我的精神，有我和我的性格。”**吃他做的食物，会让你感觉在与历史对话。他说当他为家人和朋友做菜的时候，弥漫在心中的喜悦是令人陶醉的。他觉得他和食物产生了特别的关系，他会倾听它们的声音，试图创造爱的感觉，并把它传递出来，用上全部的精神力量烹饪，并赋予日常生活独特的意义。

厨房是表达对美食和对家人喜爱的最好的地方。对厨房，安东尼奥有着自己的理解。厨房，首先关乎精神、爱、激情、文化，接下来才是食材。他认为厨房不是客观的，而是主观的，也就是说，每个人都可以根据家庭和个人的偏好来解释自己的厨房。烹饪是与他人沟通感情的方式。在厨房里有人的灵魂，你在那里呼吸的空气都是有气味的，它拥有着丰富的情绪表达。

在我们的对话即将结束的时候，安东尼奥给我发了他做的意式面包的照片，面包看起来外酥脆、内柔软，给人外冷内热的感觉。在国

学烹饪的学生需要的是专注

内很少能吃到热的面包，但意式面包就是一道开胃的前菜，那红绿黑的颜色，被他形容为“地球大爆炸”。安东尼奥写的关于开胃菜的书，再版过多次，他的梦想是在中国开一家集实验、培训和在线销售为一体的公司，同时他的网络课程也已经上线。安东尼奥去过武当山，学过太极，还研究孔子和道教。他开始练习太极并不是因为对武术感兴趣，而是因为他被太极的灵性所吸引。道教是中国历史和宗教的一部分，它不可避免地影响到如今人们的日常生活，也因此影响到饮食。

一位 67 岁的老人，毕生致力于饮食文化的传播，为此学习不同的语言和文化，对美食和烹饪的理解独到而真挚，每次和我对话时都极为认真和仔细。我想，如果说安东尼奥对美食的喜欢和坚持，能成为愉悦他生活的力量，那么力量一定来自他认真学习的态度和精神。他的菜品里有对文化的理解、情感的倾注，更有他自己精神的体现，这是他菜品的态度，又何尝不是他生活的态度呢？

安东尼奥的意大利海鲜饭的秘诀

①食材可以因地取材。有的人喜欢加鸡肉丁、青豆、柠檬汁、番茄和淡奶油。这些都可以随个人的喜好自由发挥，但制作的关键还是要注意的，见下方步骤。

②清理海鲜。青口和贝壳类的海鲜需要用清水加盐浸泡3到4个小时，待其吐尽泥沙备用。鱿鱼胃的部分一定清洗干净，切成圈或块都行。重要的是，既需要虾仁，也需要整虾，整虾用清水煮后捞出，煮的水就是海鲜汤，不要倒掉，可以用来炒饭。

③整理配料。洋葱需要用长形的白洋葱，这种白洋葱比红皮的洋葱甜，没有红皮洋葱的辛辣。将洋葱和胡萝卜切成小丁备用。

④在平底锅内放入高级橄榄油，加压扁的大蒜略炒香，取出大蒜，再炒洋葱和胡萝卜丁，炒两分钟后加海鲜汤，再加入贝壳类和青口，加白葡萄酒，待酒挥发后，再放入鱿鱼和虾，最后加入意大利米。要不停地搅拌炒制，制作的过程中一定要使用白葡萄酒，酒挥发了再加，反复加入有三次之多，这样的海鲜饭风味更加浓郁。6人份的米饭大概要倒入1/4

瓶的白葡萄酒，如果喜欢酒味重点，也可以多加，但一定要让酒完全挥发。

⑤ 意大利米（短形）是不需要清洗的，整个炒饭的过程中要有耐心，要不停地搅拌炒制，米饭差不多干的时候就加入煮虾的海鲜汤，反复加三四次。炒饭大约花 25 分钟。

⑥ 炒好后，要关火焖 5 分钟左右，再把切碎并用厨房纸吸干水分的欧芹撒在米饭上。

意大利海鲜饭风靡全球，口感丰富，味道鲜美，深受大家的喜欢。大家把关键的做法掌握好，一道可口美味的意大利海鲜饭，一定会让你的家人大快朵颐的。

2. 一个海外吃货游子的故事

我和金山游子说不上是酒逢知己，但称得上是他乡故知吧。认识他有好几年了，他带着广州口音，祖籍广东江门，定居旧金山三十多年，是美国北加州广府人联谊总会会长。他自嘲是他乡变故乡，但是不忘自己流淌着中国人的血。他的中文名字叫傅中坚，英文名字叫James Fu，网名“金山游子”，其中的意义不言而喻。

我常浏览金山游子的朋友圈，才知道遇到了真正的吃货。他是游走世界的美食爱好者，自己也喜欢烹饪美食，经常在朋友圈晒美食。和金山游子来个美食对话的想法源于他朋友圈里的一句“美味得食指大动”，以及他的朋友圈里“游子舌尖上的美食”话语：“秋凉，阳气由盛于外而转向内收敛。秋天饮食忌辛辣发散，宜酸润。”“少辛增酸”是为了让人体顺应时令，平肺气，避免肝气郁结，故可以多吃海鲜，少吃麻辣食物，清淡饮食过度至冬藏养生季节。珊瑚虾刺身、象拔蚌刺身、酸菜鱼、香炒蓝蟹仔、五香华盐炒珊瑚虾头、爆炒腰花。好，开饭了，请上坐，干杯！一段对传统文化的认同，演绎的是美味故事，传递的是中国传统文化的情怀。

和金山游子隔洋的语音电话，竟然滔滔不绝地讲了一个多小时，天南海北，他妙语连珠，说起美味，他总是兴致勃勃，对探寻一个个未知的美味永葆兴奋的感觉。

我们先从他在旧金山的发展谈起。他说现在做生意的人，一定要以妇女、儿童、老人、年轻人为对象。他说美国从事 IT 行业的年轻人，到 40 岁就是进入老年了，作为高收入的行业，年轻人在吃上是相当舍得的。作为第一代到海外打拼的华人后代，他吃过苦，懂得生活的艰辛，对食物自然有种敬畏之心。他看到一些留学生和美国新生代的年轻人，吃不完就扔，毫无节俭意识，常常痛心疾首。

金山游子

说起西餐和海鲜，金山游子是信手拈来，西方人吃法比较简单，他们的舌头并不是十分的敏锐，甚至有些迟钝，也重咸，喜欢酸辣，难怪川菜在美国有盛行一时的阵势。美国人用薯片、汉堡占领中国年轻一代的美食感受，我们就用酸甜麻辣兼备、

葱姜蒜香浓郁的鱼香肉丝去征服他们的味蕾。不过从小在汉堡、薯条等食品中长大的美国孩子，对油炸的食物自然还是依依不舍的。西餐在美国也分不同的流派和风格，烹调方法上，大多以焗、煎、炸为主，以法国、意大利、墨西哥风味为多（墨西哥受西班牙的影响较大）。美国人不太吃鱼刺太多的鱼，他们喜欢细细体会深海鱼的鲜嫩。我们常说的冷水深海里的海鲜，水越冷，肉越嫩、越鲜，味道也越悠长，如阿拉斯加的皇帝蟹、日本的红毛蟹，鲜美嫩爽，是难得的美味佳肴。金山游子煞有经验地说，吃海鲜一定要喝白葡萄酒，白葡萄酒可以分解海鲜的高蛋白；吃牛羊肉一定要喝红酒，红肉配红酒，红酒可以分解肉中的蛋白质。他做的蟹蒸鸡蛋，滑嫩鲜美，从他的描述中听得出那滋味的鲜美和他的陶醉。他不仅知道怎么做，还知道怎么吃，更难得的是，他知道为什么这样吃，简直是一个标准的现代吃货。

金山游子的烹饪秘籍就是不按菜谱做菜，而是凭感觉做菜，这是我听到的美食爱好者的共同话语。世界上好的大厨也不是按照菜单来做菜的，往往当季的时令菜就是他们的菜谱食材，对食材充满敬畏之心是他们烹饪的原则。金山游子说他喜欢把鲜鸡蛋放在蟹黄里一起蒸着吃，那种鲜美、滑嫩，让人难忘和喜欢。他的拿手菜是烤羊排，羊排的佳配是迷迭香，味道甘美，放上一点能令满室芳香。金山游子做起烤羊排来得心应手，他先把肉煎好，再将牛油和蒜蓉烧热，淋在羊排上面，让鲜香在肉里充盈，再用上中国人喜欢吃的孜然，最后用上广东人爱吃的蚝油。一道做法上中西合璧的烤羊排，带着家乡的情思，融合着西餐的风味，香气四溢，肉质鲜美，这道菜也因此得到中外友

肉甜质嫩的日本红毛蟹

嫩如豆腐、味及天鲜的蟹黄蒸鸡蛋

不腻不膻、外酥里嫩、肉质鲜美、别具风味的烤羊排

人的青睐。

他就是这样一个率真的人，对美食有着自己的情思。金山游子走遍了世界各地，他的座右铭是：宁可错吃，不可错过。他寻觅美食的方向，一般是当地老人居多的餐厅，旅游景点的餐厅他一般不会去。高级酒店的餐厅，一般以商务接待为主，而真正的美味一定是在当地老人喜欢聚集的地方，那里的菜不贵，那里的味道经典，那里的文化正宗，那里的菜一定有故事。他说："我是个吃货，自己做的一定是适合自己胃口的美食，而对其他的美食，作为吃货应该带着文化的背景去品味，而不是以自己口味的喜好来选择、评判。在一定文化背景下品尝美食，那个美食才有味道，那道菜才有趣味。"

人喜欢追求的并非唾手可得的东西，这些东西往往要经历煎熬才能得来，但我更认同的是：无须太过于追求完美与极致，不必倾心奢侈与炫耀，只要能够在奋斗中滋养对梦想的渴望，灌注对未来的遐想，就可以描绘浓墨重彩的人生。就像金山游子的烤羊排，对这道菜，虽然说不上是对极致的完美追求，但他有自己的想法，也有自己的创造，那种美味吃起来就是令人愉悦和欢喜的。

每个人最难忘的是故土，最想回到的是家乡，这是中国人的传统思想，也正是这种观念将中国人凝聚在一起，让在外的中国人无论走到多远的地方，都是思乡的游子。**那深藏在心底的味道，那食物的模样、状态，让游子的心始终向着东方。**

3. 香气怡人也怡味

香道，是历史悠久的传统艺术，人们通过眼观、手触、鼻嗅等品香形式对香料进行鉴赏和感悟。品香，从古至今，都是一件闲情逸致的事情。在讲究修身养性、身心感悟的时代，香道也逐渐成为新中产追求慢生活的一种标志。

中国人用香的历史源远流长，可追溯至春秋战国，香道流行于秦汉两朝，完善于隋唐五代，鼎盛于宋元明清。

香道有着雅俗共赏的艺术美境，人们对香的感受与品鉴，是我国香文化的精神内核。黄庭坚所作的《香之十德》称赞香的好处有："感格鬼神，清净身心，能拂污秽，能觉睡眠，静中成友，尘里偷闲，多而不厌，寡而为足，久藏不朽，常用无碍。"

香道之香清新典雅，食物之香诱人食欲，无不给人的生活增添情趣和美好。而在对食物之香的论述中，清人形容"佛跳墙"为："坛启荤香飘四邻，佛闻弃禅跳墙来。"苏轼在《初到黄州》里写道："长江绕郭知鱼美，好竹连山觉笋香。"这些描写食物香味的诗句也给人们留下了深刻的印象。

博建兄刚搬迁的“观香一舍”的新馆，是一家空间布局充满禅意、书画和古玩摆设错落有致、灯光柔和、富有特色的制香工作室。一方方或古朴或静谧的茶室空间呈现在我的面前，给人高雅的感觉。他的“观香一舍”典藏香与生活之美，馆舍不出城廓而获山野之怡，让人身居闹市而享泉林之趣。

我作为一个美食文化的传播者，和传统香文化传播人张博建先生围绕美食和香文化的生活美学来了一次交流。没有太多的寒暄，我们开始了对话。

我们从“香味的来源”开始了我们的访谈。博建说：“香道的香有很多都是来自于食物，如奶香、花香和果香，肉桂、丁香、香茅草都是食物中经常用到的香料。”我说，有蜜香的蜂蜜也是五香熏鱼和果木烤鸭等菜常用的配料。这时博建告诉我，海南的沉香鸡是香料和食物结合的例子。人们对香的认识来源于自然，又不断演变。

人类对香的爱是与生俱来的，品香就是想达到一种优雅的内心状态和生活方式，人性在与香为伴中会变得纯粹。香道讲究在袅袅升起的轻烟中静静感悟人生道理，香既能于书房开发心智，又能于席间怡情助兴，那一缕缕萦于鼻尖的欣喜，能唤起你一丝的感悟。

我询问：为什么有的人在进餐前会布香？

博建说，进餐时布香会促进人的食欲。这种方式会给人以舒适和放松的状态，更加有利于人们静下心来，慢慢地品味美味佳肴。合适的香可以美化环境，净化空气，愉悦心情。他说，布香有时还会让人饿起来。我说，这点和我们常说的饥饿就是最好的食欲还真有点不谋

雅致的制香室

而合。博建对此表示认同。

食物香料有苦香型、浓香型和清香型三类，配伍讲究用一味或一组香料突出主味，其他香料辅助调和。比如，八角味道很香，烹调时只要加入少量就足够了，烹调的时候小茴香和八角一并使用，能缓和八角的浓香味；辛辣的香料用得太多反而会让主食材的味道突出不了或香味尽失，用得太少则食之无味。我询问，在香道中这点是如何体现的？

博建说制香也是一样，如螺壳的甲香，就要先用黄酒煮、小火炒，再捣碎、炮制；先去腥，再取香，也是去伪存真的过程。在香料的配伍上，必须遵循“君臣佐使”的原则，切不可乱用，一定要突出和强调主香的味道，就像做菜要有表达的主题一样，一定要有主味，这两点的确有点异曲同工之妙。他说关于这点，最为经典的阐述还是范晔在《〈和香方〉序》记载的制香要诀："麝本多忌，过分必害；沉实易和，盈斤无伤。零藿虚燥，詹唐粘湿，甘松、苏合、安息、郁金、奈多、和罗之属，并被珍于外国，无取于中土。又枣膏昏钝，甲馢浅俗，非惟无助于馨烈，乃当弥增于尤疾也。"把和香的制作要领叙述得详尽无疑。香料配伍一样讲究五行五味，这点和食物也讲五行五味是一致的。

在看待香的层次和香的温度上，博建说，香是有层次的，浮香是第一层，本香是第二层。

我说这点和菜香是一致的，如回锅肉的香味，葱姜蒜的香味就是浮香，而猪肉的本味香才是本香。但博建补充说，香道讲究的是有层次的清晰变化，而我们熟知的菜香有时是混合的香味，给人的感受就像交响乐的高潮所带来的愉悦感。

我提到，大多食材的香味需要加热才能产生，无论是烤面包、烤肉、烤红薯时的美拉德反应，还是加热后脂肪分解产生的香味，都是令人愉悦和欢喜的味道。在温度的作用下，食物的香味会更加浓烈。

博建认为香道也是如此，带有温度的香的味道会更浓烈，沉香出香的适宜温度是 32 ℃，好多香的制作都要进行加温操作，所以有"燃香"之说。

当我最后问起香和世俗的关系时，博建兄兴致勃勃地讲述了南朝《和香方》作者范晔和香的故事。

范晔先后担任过尚书外兵郎等多种职务，但他不讨好皇帝，同僚

潜心制香

静觉眼根无俗物，翛然一室自焚香

“别样荷花护香泥”的香模

却想尽办法排挤和陷害他，于是懂香道的他写了《和香方》，讥讽同僚的阴险。根据同僚的特点，范晔把他们比作“多忌”的麝香、“昏钝”的枣膏、“虚燥”的零藿、“粘湿”的詹唐、“浅俗”的甲馢，而范晔则以“沉实易和”自喻。

我们的对话一来一往，从味道的科学谈到香道的感悟。无论是香道中对香的理解，还是美食中对香的诠释，其实都是人对美好生活的追求。

博建兄最后说道：**“香就是指世间一切让人心情愉悦的味道。玩香也好，做菜也罢，其实都是让人心情愉悦的事情。”**

英国作家吉卜林曾说：“人的嗅觉比视觉、听觉更能挑动人们细腻的心。”香虽是嗅觉文化，但它的深度及美学超越国界，是心灵共通的产物，能使人的外在美和内在美和谐统一。

4. 连生活都要成为艺术

我和马元因茶结缘，又被他的美食情怀所吸引，至于他了得的画工是我后来才知晓的。马元的父亲是江苏人，对“咸出头，甜收口”的江苏菜的味道是深有体会的；他母亲是武汉黄陂人，来自鱼米之乡，对鱼肉的鲜香是情有独钟的。马元引以为自豪的是他母亲做的菜，不仅好吃，而且还很讲究。他说他母亲做的一个很有特色的菜，就是在豆芽里灌肉馅，做菜能做出如此情思，家人拥有的一定是满满的幸福。

信奉“我就是我”的马元

马元做菜很用心，

画画更是有想法。他的油画《岁月疾驰》入选第十五届武汉美术作品年展；作品《泊》入选第七届世界军人运动会全国美术作品展。他油画中的墙壁老旧斑驳，已生出有些泛黄的绿苔，破旧墙壁旁老式的摩托车，细腻得令人惊叹。我问他：画画成功的秘诀是什么？马元说："喜欢是前提，一个人不喜欢做的事情，千万别强求，教育孩子如此，做学问也是一样，画画更是如此。"他说自己从小就喜欢绘画，常和画家冷军在一起研究画画技法，看似简单的画面，有时要花费几个月甚至几年的时间来打磨，一层层的东西拨开来看都不一样，这就是画画的功力。

对美食，马元有他自己的理解。马元说："烹饪是一门加盐的艺术，做菜全靠一把盐。"他比较崇尚简单和本味，他自己做红烧肉，就是用冰糖调出的糖色给猪肉上色，用生抽调味，而尽量少用盐。做菜时，主材是重要的"君"，调料是辅助的"臣"，所谓"君君臣臣"，做菜也一样，不能本末倒置，有的菜佐料太重，君臣关系颠倒，当然就会"吃偏"了。

马元主张素菜荤作，青菜也要给点猪油，这样才会好吃。青菜一定要炒"活"，这个"活"字，在我们看来就是指炒至断生后的火候要恰到好处。他做肉馅都是把肉切成小丁，并不是完全剁碎，他说这样吃起来口感更好，对市场上肉筋膜太多的肉丸他是不认同和不接受的。

谈起绘画和美食的关联，马元说美食讲究的是色香味俱全，而且一定讲究色字当头，好看才能激发人的食欲；菜的热气带出的香味紧

油画《岁月疾驰》入选第十五届武汉美术作品年展

《泊》入选第七届世界军人运动会全国美术作品展

马元和冷军的合影

火候足时味自美的红烧肉

有江南韵味的香椿阳春面

随其后，热中带香，才能诱人食欲；最后才是味道要好。而关于画画，色彩感觉很重要，毕竟人们常说绘画就是色彩的艺术。马元做起家常菜都是认真仔细的，像画画一样细致，像欣赏色彩一样专注。人说色香味是通感，画家做菜，可能在讲究色彩愉悦的同时，对味道更为用心，那种对完美的追求不仅仅是对生活的态度，更是对自己的认真和专注的犒劳，是一种让人身心彻底愉悦的美食活动。

艺术走向极致时或与情感无关，如没有歌词的音乐、极简主义的抽象绘画，这种大爱大美发端于一种自由状态的深层次的随机宣泄。自由状态亦是艺术创作中最珍贵的品质之一，没有恐惧和勉强，不为人左右，不拘泥于习惯、传统、权威和体制，在新的创造中获得一种独立的、深刻的人格自由和审美表达。

马元自己画了近千幅油画作品，题材主要是风景和人物，风格有写实，也有抽象的，手法亦多样，因为他不想被定型。他说定型是一种惰性，是探索的终止，是心智的停泊。

艺术创作如此，在做菜上也是这样，正如马元所说："做菜其实也是这样，凭着自己的感觉，自由地发挥，把最好的、适合自己的味道呈现出来。"我想马元说的"凭感觉"，并不是说随便乱做，而是遵循四时的时令，用上好的食材，讲究烹饪的用盐艺术，哪怕是白菜豆腐，只要精心做，都是艺术创作，能给人带来美好和欢乐。他在朋友圈分享的照片里，早餐都是五颜六色、充满艺术色彩的。食物在光影的交错中流露出情感和期盼，家人一定能品到背后的用心。做菜也是他心性的表达，是他对生活的态度、对艺术的感受和对美好生活的赞叹。

马元在他的朋友圈里说，**"陈丹青问：'怎么成为艺术家？'木心答：'连生活都要成为艺术。'"**有了这样的境界，他的画越来越有艺术的价值，他朋友圈里的美食也像画一样美。他的生活既充满了烟火气，又有艺术的味道。

5. 舌头就是家常菜的刻度尺

认识车友会的美食达人谢静多年，我经常看她的朋友圈，其中大多都是美食照，那些美食的色香味形看起来一点儿不输专业的大厨，引起了我的关注和好奇，于是和她就美食的话题做了一次微信访谈，才得知她做的菜多次上了“豆果美食”的“精选美食”版块。在“豆果”上她的昵称是“Abby 静”，2017 年以来，她发布了 170 多道菜和点心的做法，目前拥有 17 万粉丝。好多人都跟着她学做菜，有网友给她留言：“和你学，从此不再是手残党。”她却谦虚地说她和大厨相差很远。谢静是如何拥有这般爱好以及做菜手艺的呢？要做出精致的美食，可不是一日之功就能练就的。带着这样的好奇，我和她聊了起来。

美食网络平台的兴起，为人们提供了交流美食的机会。她说她在“豆果美食”上看到许多人做的菜没有她做得好看，有的方法也不到位，于是她有了把自己做的美食放到网上的想法。详细的步骤和过程配上看起来就好吃的美食照片，居然得到大家的认可，她自己也从中得到欢喜。不仅将菜做给家人吃，还分享给大家，这既充实了自己，又惠及了他人，何乐而不为呢？

从小就喜欢做家务和做菜的谢静，可能是受到了父母的影响。家境还不错的她从来没有为吃发过愁，对吃的追求可能就源于与家人幸福的相伴。谢静说她的爸爸会做大菜，妈妈会做家常菜，耳濡目染，让她爱上了做菜。

谢静觉得做菜需要的是悟性，她做的就是属于她自己的味道，用料的多少靠的是自己的舌头。善于学习也是谢静把菜做好的原因，在外吃饭，吃到好吃的就回家自己摸索，总是能做到八九不离十，这源于她敏锐的味蕾和对美食的喜好、对食材的熟悉、对调料的理解，她总能在蛛丝马迹中找到自己能理解的味道和做法。

谢静做一顿饭，可能要去一个菜市场和两个超市才能完成食材的

看上去就很有食欲的炸酱粉

冬日里温暖的菌菇饭

采买。她做的菜必须色香味俱全，摆盘好看是必须的而不是可有可无的。看来美食达人对美食的确有着自己的追求，她最经典的话就是“**自己的舌头就是家常菜的刻度尺**”。

做菜需要的是天赋或者训练，讲究的是技巧和方法。妈妈和婆婆都是谢静做菜灵感的源泉，好的传统是她们传给她的，有时一家人会一起仔细研究一个菜怎么做才会好吃。糖醋排骨的排骨一定要先焯水，而且排骨一定要炸熟后再用冰糖上色，接下来就是静待火候的烧制过程了，她谙熟“大火烧开，小火烧香”的火候之道，虽然麻烦，但做出来的肯定好吃。做粉蒸肉时用什么牌子的蒸肉粉，也是有讲究的，蒸肉粉还要提前加水蒸制才行。黄豆焖猪蹄也是谢静的拿手菜，她说将猪蹄焯水捞出来后一定要过凉水，口感会更好；有人喜欢用高压锅焖制，她说她更喜欢用锅，虽然花的时间长一点，但是猪蹄入口即化的感觉非常棒。还有，做烤羊排时一定要在进出烤箱的时候各刷一道油，这样做出来的羊排才能油润光亮、引人食欲。谢静家里的菜是中西结合的，婆婆和妈妈做的都是传统家常菜，她却在传统中吸收精华，也喜欢做西餐。先生不回来吃饭，她给儿子做的往往就是盖浇饭、牛排或意面，那盖浇饭上有番茄、牛肉和滑蛋 ，看起来很是诱人。喜欢中餐的她对西点也是颇有研究，做蛋糕的水准一点儿不比专业的厨师差，真的让人感叹：高手在民间。

一个人做美食用心到这个程度，真的很难得。其实她越是把握烹饪的细节，越是能做出诱人的美食，自己也就越做越有兴趣。

让自己的生活过得有趣和有味，就在一饭一菜的细节中，一家人

轻乳酪蛋糕

雪花豆沙面包

用美食联络着彼此的感情，又用美食抚慰着各自的肠胃。一日三餐才是最真实的生活，一日三餐才是最美的感受。

当我问起美食达人的美食感悟时，谢静说食材不到位，她宁可不做，如果做就一定要很好吃、很讲究。如果她觉得一个菜中必须要有辣椒，那就必须要有，没有的话，就等下次再做。正是对烹饪和美食有着这样的讲究，谢静的菜才好吃又受欢迎。她说自己喜欢做美食，是因为想作为全职太太把老公和小孩照顾好，是不是美食达人并不重要，重要的是家人的喜欢。此外，她喜欢做美食还因为得到了大家的认可。

作为一个美食达人，她要走的路可能还很长。谢静说她并不是什么吃货，只是到处吃而已。做美食时美好的感受和喜悦，让她的生活呈现出岁月静好的模样。我想，美食带给她的不只是幸福感，更是成就感，美食更是让她活得更加充实而有趣的理由。

6. 简约不简单的匠心素食

吃素食，有人是为了延年益寿，也有人是为了减肥，或者兼而有之。如果选择吃素，就会自觉或不自觉地给自己贴上和素食相关的标签，有时候可能吃素的初心也不记得了。

荤食与素食的关系，如同朱自清在《荷塘月色》中谈及的酣眠与小睡的关系："酣眠固不可少，小睡也别有风味的。"大多数人不可能像弘一法师那样信奉 "日食一餐，过午不食"。素食作为生活的另一种方式，可以让人从中找到静心的感觉。或许某天，你突然发现自身有一些变化，从最爱吃荤食到现在常常吃素，肠胃负担小了，身体也变得轻盈起来。不忙的时候，坐在那里喝点清茶，思考一下人生，放空自己，倒也是一种清净。

有喜欢素食的人群，自然需要有做素食的能人来精心制作。万鹰是我的学生，很是内向。没想到若干年后，他有了匠人匠心的品格，也开始有了他"素食人生"的理想。热爱生活的人都有对美好事物的向往，他说自己也不例外。因为学烹饪、爱美食，他一直想拥有一家属于自己的小店，在店内展示自己收藏的餐具、有年代感的器物，研

素食达人万鹰

发自己喜欢的菜式，和聊得来的朋友喝喝茶，聊聊菜，谈谈人生。

一次，万鹰盛情邀请我和爱人去他家品尝他开发的创意素食。一盘盘创意新颖、造型精巧、味道别致的高级素食给我耳目一新的感觉，我好久没有见到这样清新雅致的菜式了，心中不禁大喜。我就鼓励他做自己喜欢做的事，后来我也欣喜地看到他的梦想小店——“年轮印象”高级素食餐厅开张了。

问起万鹰当初的想法时，他说在思考未来的发展方向时，受到厨界有名的江振诚先生讲过的“素食是未来 10 年餐饮发展的一个大的方向”的启发和影响，结合这些年所学到的技术和经历，就有了做高级素食的想法。刚开只是好奇，做了些尝试，没想到得到老师和师母的高度称赞。万鹰还记得师母说的一句话“能把素食做得这么有艺术感，哪有不成功的道理”，这句话给了他很大的信心。武汉的素食市场多以仿荤寺院素食为主，高档的素食市场基本空白，万鹰便决定未来职业的发展以高端意境素食为主要方向。

做素食一年多以来，万鹰接待了很多客人。每每吃过他素食大餐的人，都赞不绝口，都被那淡雅的色彩、精巧的造型、丰富的口感、用心的制作而打动。他希望人们能在他的素食中吃出季节的味道，吃出生命的欢愉。

穿越年轮向未来

万鹰说，遇见每个客人，对他而言都是一种缘分，都是一次修行，所以他用自己对食材、对节气的理解做出自己和大家都喜欢的美味。喜欢吃他做的菜的那群人，都是素食忠实的追随者，因为味道、环境、情怀而支持他。万鹰说，**人生是一场修行，做素食更是如此。**当人生有了许多的经历后，他突然懂得随缘的道理，开始选择和喜欢的人在

鲜嫩的蜂窝菌菇与酥香的秋季干果，犹如丰收的谷仓

带着秋天的沉淀和收获的酒酿桂花慕斯

一起，做喜爱的事情。

万鹰的素食融合了中西烹饪的手法，他把自己对中国传统文化“二十四节气”的理解融入菜中，并结合人生经历进行创作。春、夏、秋、冬一年四季中，万鹰更偏爱秋天。金秋是收获的季节，稻花开始飘香，瓜果开始成熟，大自然向人们奉上了它馈赠的果实。人生也是

如此，时间如梭，一眨眼人已步入中年，这是人生的金秋，也是收获的季节，在这个季节，有人收获了事业，有人收获了家庭，有人收获了成长，有人实现了理想……在万鹰的人生四季（秋）的菜单中，富有创意的谷仓、秋叶造型都是他的佳作。一道道精美的素菜，早已让人忘记了食材的本身，要么让你赞叹他的厨艺，要么让你闭上眼睛去享受那奇妙的美味。素食呈现了美味的人生。

素食是一个小众的饮食方式，做素食需要的是坚守。如今，为了更好地做素食，他又开了一家隐世的小院餐厅。他坚持做有自己风格的素食，烹制应季食材，立足于自己的性格和精神，并结合自己的人生感悟，做出能与食客产生共鸣的意境素食。

万鹰的素食有着他的思想，食物极其简单，却让人感受到他的整个世界。我知道，在素食上的点点进步，都源于他在烹饪上的极大热情和十二分的努力！好的司厨者制作的食物不单单是美学上的好看和味蕾上的好吃，而是给你特别的体验，或许最终能让你明白些什么。从“年轮印象”创意工作室到“隐世小院”，万鹰不断迈向素食的高峰，烹调着唯美的食物。他的创造不仅打开了创意的大门，更改变着人们的心境和生活。愿素食达人用更多简单的时光、执着的精神来坚守匠心，让我们在他精美绝伦的素食世界里以平静的内心和理性的思考守护健康，重拾人生的理想。

秋去春来，生生不息的碧玉蜂巢

焦糖南瓜皮甜蜜，碳烤南瓜绵糯，加上风干的南瓜叶的点缀，一切都是那样的完美

7. 追求完美就是茶人的态度

武汉有一个美丽的东湖，东湖边上有一个雅致的名为“小楼莲花”的茶楼。湖岸和穿湖而过的高架桥在天空下和视野中构成一个“人”字，小楼就在这风景如画的“人”字下面，来过这里的人无不被美景所感动，我常说这是上天赐予的宝地。小楼以品茶为主，但我发现楼内制作的茶点和美食，就像有对茶的敬重和理解一样，美观而雅致，深刻而独到。

年末之时，我来小楼莲花拜访楼主彭女士，因为我在她朋友圈看到这样一段文字：“春吃茶，夏啖荔，秋临江，待到皑皑白雪把天地都遮遍，围在炉火边，煮水品茶，流年就在一饮一啄间流淌过去。天气越冷，内心就越渴望温暖，煮上一壶老白茶，配上自制的红茶曲奇和米糕，冬日里的茶事，即便简单也是别样温暖人心。”唯美的文字和情怀，激起我探究楼主对茶和食的理解的心。

“自古开门七件事，柴米油盐酱醋茶”，我们常在生活中听到这样一句关于食物与茶的联系的话。楼主彭女士说，一道美食，从食物原料的选材、处理、制作，到最后呈现的方式与食用的讲究，都蕴含

夜色中的小楼

着中国人几千年的美学与智慧。而茶叶制作中，无论何种茶叶，制茶的工序，从顺应天时的采摘开始，再到摊晾、发酵、干燥等过程，其中对火候、湿度的掌控，也都有诸多讲究。一斤鲜茶叶才制成约二两干茶，还要有足够的耐心等待，可谓是慢工细活。好茶急是急不来的，一杯茶的滋味，更多的是惊喜和沉淀的味道。做菜也是一样，需要在

再大的城市，也需要“人”来撑起

楼主彭靖

每一个加工环节精心对待，并坚守下去，美味都不是一日之功！

茶食千百味，喝茶、品茶在以前也被称为“吃茶”，著名的就有赵州禅师的“吃茶去”之说，这样一来，吃美食、品好茶，可都算是“食事”了。中国茶主要分为六大类：绿茶、白茶、黄茶、青茶、红茶和黑茶。六类茶各有各的滋味，又因其产地、海拔、制作工艺的不同而各有细分，茶的世界真可谓缤纷多彩。同一款茶，不同人用不同的方式冲泡，在不同季节、不同时段冲泡，用不同的水、不同的器去演绎，又都会呈现出各异的口感。美食也一样，不仅食材有地域之分，鸡鸭鱼肉蛋菜虾的品种也有不同，还有酸甜苦辣味道之别，更有脆嫩软糯的不同口感，这其中的玄妙和制茶有着异曲同工之妙。

楼主说，作为茶人，每一次事茶的过程就好像是追求完美的过程，这种追求完美的过程不仅仅是每一个步骤力求完美，更是安静下来对自己内心审视反省的过程，如何提高自己的专注力，将一件事做到极致的过程。虽然这些细节，可能不被人所知或察觉，但是为人的严谨、细致的态度是可以被他人感受到的。**追求极致并不是可怕的偏执，而是一种人生态度。**可以接受不完美的结果，但不可以接受自己不完美的态度，这是茶带给她最大的意义与收获。茶事如此，美食的制作不也一样吗？我们常常说“追求美食的极致”，大概指的是做美食时认真对待食材和完美极致的烹饪态度，每一次的精进，都是对食物的重新审视。我们的生活也在这不断的“以物载道”的“食事”中得到慰藉，我们的精神压力也能得到纾解。

唐朝文人白居易静候友人，有“春风小榼三升酒，寒食深炉一碗

丽溢枝嫩黄，花飞桃李风

抹茶食事

茶”，铺陈出一丝人间情味。正是凭着对茶执着的情怀，对美食的独特理解和情思，小楼楼主在我的建议下开始尝试做茶宴。2019 年年末的小年，楼主精心准备了一场茶宴。开场一道恩施玉露，清香袭人的绿茶将客人的口味调清爽，为品尝美味做准备，之后有三道茶分别配三道菜，组成宴席主体。第一道是藜麦沙拉配太平猴魁，沙拉的清爽搭配温润甘冽的绿茶，如果是在夏季，则可选择用白茶调制的冰果茶配菜，以解夏日的燥热。第二道是红烧羊肉配“醉小楼”红茶（云南炭焙滇红），烧制入味的羊肉和红茶的甜香融为一体，给人冬日的温暖。第三道则是清蒸鱼配普洱熟茶，鱼肉的鲜嫩和熟茶的醇厚形成互补。三道茶食完毕，大家再围坐一起，红泥小炉，取炭生火，煮水烹茶，这时饮用云南的烤茶，既可以消除食物的油腻，又可以以茶为汤，进入无味之味的至美境界。知己好友，推杯换盏，围炉闲话……世界越是熙熙攘攘，这份闲情逸致就越弥足珍贵。饭后，品着茶，大家说说笑笑，时光总是过得那么快……

茶人的细心和修养，在美食上有着同样的体现，茶人用侍奉茶的虔诚和心境来做美食，一样能做出让自己的口腹和精神都能得到享受的美味。茶与食的美好相遇，品饮之间，是无限的人生。

8. 流连的城市，深情的美食

美食需要在行走中去热爱和发现。多年来，我走南闯北，品四面风味，尝八方美食，国内外各种餐馆也去“打卡”和“拔草”过。不管是饕餮大餐，还是路边的小吃，我总能在味觉的满足中找到让灵魂愉悦的趣味，也算是没有辜负自己的味蕾。

人一生中品尝的美食不会太少，能记住的不一定很多。我的良师益友、浙江大学的徐旭初教授说过，听他的课不必做笔记，用心就行，能记住的就是你需要的，如果忘记了，可能那些知识对你也没有那么重要了。我觉得这句话用在我品尝过的城市美食上再恰当不过了，若干年后，我依然记得的美食，一定是很有特点、触及人心的美食，其他的可能真的被遗忘了。

在所有的城市中，我最有感情的还是成都和杭州。关于杭州的美食故事，我将在下一篇里记叙，这里就不再赘述了。上海、杭州、无锡、南京、苏州等江浙一带城市的“浙帮菜”很有特色，“咸出头，甜收口”的味型大体相似，不同的地方略有差异。

好吃和会吃是需要经验的，人总是拿自己熟悉的味道和口感来品鉴遇到的新的美食。记得在常熟的沙家浜，我偶然吃过一次肥鱼，那种肥厚与武昌鱼相似，肉质细糯，尝起来油润爽滑、甜中有鲜，令人颇有好感。异常鲜美肥嫩的肥鱼竟然使我多年惦记和回味。还有去黄山百吃不厌的臭鳜鱼，都是我对这些城市的好感记忆。

成都的美食，一是多，二是出名。中国的四大菜系，在我看来居首的就是川菜，那多变的味型、特色的调料，总能把平淡无奇的食材变成雅俗共赏的佳肴。川菜历来都是人们的最爱，无论是汇聚麻、辣、烫、嫩、酥、香、鲜的陈麻婆的麻婆豆腐，还是颇有传奇色彩的鲜香细嫩、辣而不燥、略带甜酸的丁宝桢的宫保鸡丁。麻辣打通了人的味蕾神经，也构成了川菜自己独特的味道逻辑，一菜一味、百菜百味的川菜滋养着川蜀大地的人民。

青石桥的肥肠粉

川菜并非都是辣的，辣的居多而已。

成都，我记得那里有我多年的好朋友杨岚，更记得青石桥的肥肠粉。成都美食中，我对青石桥的肥肠粉情有独钟。我慕名而去的是青石桥百年老店，门店不大，一碗肥肠粉加一个锅盔算是标配。肥肠处理得干净，清爽的白汤加上半透明的、软绵又不失劲道的苕粉，汤鲜味美，特别是肥肠入口的刹那，真有种似曾相识、荡气回肠的感动。肥肠软烂适

中，风味独特，配上带着油脂芳香的锅盔（类似我们油炸的葱油饼），一软一硬，香气弥漫，不仅满足人的口腹之欲，更给人味道的享受。好多朋友来成都，我都推荐去青石桥吃一碗肥肠粉。

成都是一个让人来了就不想走的城市，宽窄巷子的喧闹、春熙路的繁华、融合了时尚与传统的太古里，都显示了这个城市的发展变化，而令人惊喜的是，传统美食依然有着它的一席之地。当然，层出不穷的新派美食的店门口，也挤满了排队的时尚青年，这就是一个爱吃的城市对美食的包容，保留传统的同时，不断地推陈出新。

关于新疆和兰州，给我印象最深的分别是羊肉和兰州拉面。新疆的羊肉没有什么膻味，用水煮一下，无需太多调料，那鲜嫩的肉质就足以让人吃得连呼幸福；兰州拉面颜色丰富、汤汁鲜美、口感劲道，吃一口面，喝一口汤，足以慰藉孤独的心灵。

北方是一个气候寒冷的地方，在哈尔滨的冬天，干冷的风吹过来会在脸上留下刺痛的感觉。就是在这样的城市，当地人在冬天偏偏

颜色丰富，可以慰藉孤独心灵的兰州牛肉拉面

喜欢吃冰激凌，不过都零下几十摄氏度了，吃点冰激凌还能冷到哪儿去呢？更多的是习惯和勇敢了。由于哈尔滨靠近俄罗斯，西餐在这个城市是比较受欢迎的。记得前几年去哈尔滨，朋友老孟一定要在马迭尔西餐厅请我吃正宗的西餐，前菜、甜品自然没话说，只是多年过去，真没有什么太多的印象，可能是我习惯吃中餐的缘故；倒是饺子的味道非常不错，有再去吃的想法。北京的烤鸭自然不用说，令人大快朵颐，北京的哥们儿老陶带我去吃过的木须肉和爆京片我还能接受，但豆汁的酸口感我就没能接受；倒是老陶的真诚和憨厚，给我留下了难忘的印象。

南方菜中当仁不让的就是广东菜，我印象最深的竟然是我在香港机场吃到的传承广东风味的牛肉面。也许是先入为主的缘故吧，那带着药材香味的大块牛肉，烂而不腐，肥而不腻，汤鲜面爽，吃起来满口生香，那香鲜的滋味，妙不可言，让人意犹未尽。如今只要去深港澳，我就要去吃碗正宗的牛肉面。广东的美食很多，无论是富有特色的早茶，还是独特的广东烧腊，无论是久喝不厌的广东煲汤，还是家常风味的顺德菜，“吃在广东”还真的是名不虚传。至于武夷山香鲜的药鸡、湖北清江的肥鱼、厦门的白莲炖水鸭也都是令人难忘的美食。

有亲戚在广州立足、发展，当我问起为什么选择广州时，他说那里好吃的很多。是啊，人活着真的不需要太复杂，**简单的理由，足以支撑一个人的一生。**

令人至今难忘的牛肉面

9. 淡妆浓抹总相宜，叫人怎不忆杭州

宋代的苏轼为杭州留下了口碑相传的苏堤，在《饮湖上初晴后雨》里，更为我们描绘了魅力的杭州：“水光潋滟晴方好，山色空蒙雨亦奇。欲把西湖比西子，淡妆浓抹总相宜。”

最美忆杭州。杭州是我去得最多的城市之一，在我 30 多年的工作经历中，来到杭州不少于 10 次。杭州不仅风景很美，吃的东西也很多，时尚的餐饮层出不穷，这个城市既包容，也有自己的个性，特别是它的美食，和风景一样美。

“好吃”的我，对杭州的美食情有独钟。知名的“山外山”“楼外楼”是我探寻的位置，市井里弄的上榜餐厅和特色面馆是我寻觅的目标。

我在杭州的美食故事实在太多，让人记忆深刻的有西溪湿地度假村餐厅的鱼头凤爪，除了有“七咂之后尚有余鲜”的感受外，它浓稠的胶质还让嘴唇有粘连的感觉。这道美食从 58 元开始，到后来的 158 元，变化的是价格，不变的是品质。吴山下南宋御街荷方国际青年旅舍旁的隐石餐厅，餐厅的布置和菜一样，继承传统又不乏创新，

淡妆浓抹总相宜的西湖（李晟曙摄）

如经典的乾隆鱼头、葱油爆虾等，让人食之有回味千年的感觉。这里也有许多年轻人喜欢的创新菜式，如黑鱼烧鱿鱼、鲍鱼烧土豆等，以小见大，这间餐厅彰显着这个城市在传承中的包容和发展。

杭州小吃也是鼎鼎有名的。让我难忘的是体育中路上的小面馆，这是我每次来杭州必去的地方。我通常点一碗片儿川，雪菜、冬笋、瘦肉做的浇头劲道而脆嫩；几块卤透了味的豆干，咀嚼起来鲜香有回甜；一块江浙人喜欢的猪大排，酥烂脱骨，肉香味鲜，色泽红润。一口面条，一口大排，一口豆干，豆干和菜、肉、面结合的味道，给人味蕾的满足，而后伴随着鲜美的汤汁，一次简单而难忘的小吃完美谢幕，吃完有种抚慰了饥渴已久的味蕾的满足感。

杭州上榜的餐厅的美食是我追逐的目标。经朋友推荐，我也多次来到上城区虎玉路的“八鲜够嗨”家常菜馆。毛豆臭豆腐咸中带鲜香，脆皮大肠脆韧而甜润，特别是“小时候的葱烧鲫鱼”，有浓郁的黄酒味，吃上一顿，鲜中有甜的味道是那样让人欲罢不能，酣畅淋漓。

每次去杭州，如果真的多待几天的话，对这咸甜的味道我还真不太适应。一方水土养一方人，湖北人的口味真的对太咸、太甜、太淡的味道都不太适应。好在城市包容且发展，雨后春笋般出现的餐饮企业让人多了不少的选择。在西城区的小鱼儿连锁餐厅，有道特色的鱼头杂烩，略微酥脆的外皮，入口软糯的口感，给人变化的奇妙感受，加上厚实的咸味和令人欢喜的回甜，往往让人大呼过瘾，能有这样的美味，实属难得。在吃多了杭帮菜之后，可能会有味觉上的疲惫，此时雪菜大汤黄鱼能给人带来一股清新的味道感受，雪菜的脆嫩、番茄的酸香、黄鱼的鲜嫩、汤汁的鲜美，给人鲜爽愉悦的感受，如同酷暑里的徐徐清风。

去年在杭州，一个农家菜馆的菜竟让我吃得心生欢喜，暗自叫好。臭鳜鱼和店里的特色干子，还有仔姜炒鸡，勾起了几个会吃同行的食欲。让人胃口大开的应该是衢州香干吧？柔软的香干吸满了肉的鲜香，鲜醇而味美。随后而来的臭鳜鱼，虽然刚上桌并没有多大的吸引力，但随着品鉴的深入，臭鳜鱼的肉瓣入口的鲜嫩感，让人不能停筷。臭鳜鱼用酒精炉的小火煨着，汤的味道慢慢地渗入鱼肉，最后散落的鱼肉碎，倒成了吸收了汤汁精华的最美味道。仔姜炒鸡同样给人惊喜，微微酸辣的野山椒，鲜嫩的鸡丁，入口香辣鲜咸，味道丰富，让人对美味的渴求得到满足。

臭而鲜的毛豆臭豆腐

“网红菜”脆皮大肠

咸甜醇香的“小时候的葱烧鲫鱼”

吃得开心，总需要点茶来调节味道的节奏，这样才是懂得吃。好在同行带了一点上品的金骏眉，在饱食美味之后，喝一口茶，好像给人一种高潮后的平复，让疲劳的味蕾稍作休息。味道是有节奏的，酒也好，茶也罢，都是为了让美味反复的呈现。

最美忆杭州。杭州是一个能给人变化和惊喜的地方，亲切的朋友、可爱的美食，都成为我人生中难忘的际遇。可能只有听着曲院荷风，赏着苏堤花草，踏着断桥残雪，迎着玉泉晨曦，沐浴保俶晚霞，才能品出杭州菜真正的韵味。

调节味道节奏的红茶

华家池的一抹绿色

10. 菜场，吃货的灵魂之地

不管是在家乡还是在外地，菜市场是我必去的地方。一座城市最吸引我的，不仅是历史名胜，还有菜市场，那里有城市的文化，有老百姓的一日三餐，这些城市的味道几乎都可以从菜市场里找到。对于一个吃货来说，会逛菜场才是会吃。

与其他市场不同，菜市场的规划是最朴实，也是最清晰的。蔬菜、肉类、瓜果、水产，分门别类地被划成大小不一的区域，开放式地展现出来，让人一目了然。菜市场的空气里混杂着食材的气味，对于菜市场的熟客来说，即使蒙住眼睛，他也能从气味中分辨出方向。

喜欢逛菜市场，更多的是因为喜欢这里的烟火气。三毛曾说，爱情这件事，如果不落实到穿衣、吃饭、生病这类生活琐事上，是不会长久的。吃饭对于中国人来说，是生活情感里不可或缺的重要部分，越是“会吃”的人，对菜市场这食物的源头就越钟情。不少热爱美食的名家名厨，都会亲自去菜市场挑选食材，很多东西看网上的图片是没用的，还是要看实物，靠手去触摸、感受，甚至有的食材还要拿起来放在鼻下闻一闻味道，掐掉一些根叶放在嘴里尝一尝，方能挑到自己满意的。有时在菜市场买菜的过程，就像在文玩市场上淘宝一样，需要那股子日积月累的认真劲儿，能练就出一副好眼力。就像食材在我的刀下，切下去我就知道蔬菜是不是好吃的，因为脆嫩的蔬菜，刀口轻轻一碰就会断开，这就是经验。在菜市场里“挑剔”也是大厨必须有的一种态度。

和卖菜的摊贩打交道是逛菜市场最生动的部分。中国人生活里的那点精打细算，在商贩们身上展现得淋漓尽致。小商贩们心算快，嘴皮子利索，善于察言观色，虽然有点“斤斤计较”，但讨价还价的过程俨然是一节饶有趣味的“经济学”课程。古龙说，一个人如果走投无路，心一窄想寻短见，就放他去菜市场。可能在菜市场里最能看到人努力打拼的样子，就会生出好好活下去的勇气。

做生意仅靠精明当然是无法长久的，中国人还讲究“和气生财”、“诚信为本”、“买卖不成仁义在”。这些富有哲理的为人处世之道

四季应时的蔬菜

也能在菜市场里寻到踪迹。菜市场，也是一个江湖。这里需要做到诚信，缺斤少两的商贩在菜市场这样的江湖之地是待不下去的。每个人心中都有一杆秤，称的是人品和人心。所以，如果你不欺骗生活，生活也不会亏待你。这就是在菜市场里能悟出的道理。

吃是一种生存必需，也是一种艺术。菜市场除了提供食材，也将美食的艺术蕴含其中。如果画家逛美术馆是一种艺术盛飨，那么吃货逛菜市场也会怀有同样的心情。在去欧洲旅游时，我就遇见了不一样的菜市场——西班牙有百年历史的波盖利亚菜市场。西班牙的艺术气息在这个市场里得到了充分展示，色彩鲜艳的水果摊位最为夺人眼球。各种食材都能在这里买到，充满艺术和趣味的摆设，把欧洲人的幽默体现出来了。有趣的是，这里既有生鲜和干货的摊位，也有时尚的海鲜餐饮小店，人们可以在这里加工买到的食材，也可以在小店直接食用。人头攒动的市场，红黄绿的色调，市场在灯光的映衬下像一幅油画。当阳光从玻璃窗投射进来，那一刻在市场的我仿佛穿越到文艺复兴时期的欧洲。令我欣喜的是，国内苏州刚改造的双塔集市里，整洁的市场、现代时尚的摊铺、众多热气腾腾的小吃，让市场重新焕发活力，吸引了更多的年轻人，让他们喜欢菜市场，喜欢做菜，这也让我们看到传统菜市场升级后的吸引力。

我时常去菜市场买菜，总是去固定的摊位，赶早是必要的，卖菜的商贩进菜也得赶早，赶早才能买到最新鲜和品质最好的菜，迟了就只能买到稍次一点的菜了，买的时候看起来可能差不多，吃起来口感就差许多。

西班牙 LA BOQUERIA 菜市场

红得娇艳、黄得热烈的水果摊

令人目不暇接的干货制品区

波盖利亚菜市场里的海鲜档

吃货在食材选购上和一些顶尖大厨有着相同的习惯，一个真正的吃货，首先要和食材谈一场恋爱，就买菜而言，他们从来不事先设计好菜单或者食谱，都是到菜市场去寻找灵感，因为美味的源头都在这里，那五颜六色、琳琅满目的食材都会给你启发和灵感。吃货希望通过挑选食材，感受自然与食物的美妙关系，而大厨们也如此，同时他们希望让顾客体验时间与食材的关联。无论是吃货还是大厨，大家都有一个目的，就是通过吃，让自己的灵魂和美食来场对话。

一个真正的美食家，都喜欢菜市场，在这里一边挑战自己的动植物学知识，一边告诉自己在大千食材面前，要保持礼貌和克制。读懂食材是吃货的基本功，食材才是一道佳肴的核心，占了 80% 的分量。吃货懂得，他们自己其实更像 “食材的搬运工”，在菜市场里，吃货们顺利地完成时尚的食材搭配，让经典的味道可以被铭记。

爱吃的人和爱笑的人一样，运气总不会太差。菜市场，其实是一个吸引有趣的、热爱生活的灵魂的磁场，吃货们在这里体验生活中的酸甜苦辣，也彼此温暖，互相激励，**将细水长流的日子过成岁月静好的模样。**

11. 味美如升天，幸福由心生

有人吃到脂肪含量较多、口感肥腻的美食时，用“简直要幸福得升天”来形容，我不禁纳闷：谁升过天啊？怎么有这样的形容呢？有食物真的好吃到如此地步吗？

人对甜味和脂肪有种无限的渴望，这也是那么多的食品生产企业都会投其所好的缘故。人体对脂肪的需求来自身体，而非味觉，人对脂肪的需要从肠胃而来，人体根本无法抵抗对脂肪的渴求和需要，就像人的欲望，虽然有些比较危险，却有人依然纵容它。当然有些人信仰吃素，那就另当别论了。脂肪有这么大的诱惑，食物中含脂肪多的美食自然也得到大家发自内心的喜欢了。

日本的寿司很有名，尤其是小野二郎做的寿司，“秒杀”周边商家做的，这不是因为他捏寿司娴熟的手法，而是因为寿司经过二郎的手后，好像有了灵气，他捏的寿司的温度接近人体的温度，口感最佳。有顾客说，吃的时候甚至可以感觉到寿司在呼吸。也许正是因为小野二郎对寿司的感情，他把精神和灵魂投入其中，把匠人内在的对艺术和生命的追求融入其中。当顾客吃到那带有体温的肉质鲜美的章鱼或三文鱼或金枪鱼的寿司时，要么就是睁大眼睛，要么就是闭上双眼，感受满口清香，好像这美味足够让人激动得流眼泪，感觉幸福得升天。

好吃的鱼籽寿司

肉圆也是肉含量丰富的美食。湖北的黄焖肉圆、扬州的狮子头、北京的四喜圆子、潮州的撒尿牛肉丸，都是“肉圆”。湖北更有无“圆”不成席的说法。

制作黄焖肉圆，一般首选猪的前夹肉，肥瘦相间，肉质鲜嫩。好吃的肉圆一定是人工剁出来的，当然使用现代的绞肉机也未尝不可，只是没有手工剁的好吃，总还是差点意思。扬州的狮子头里的肥肉一定是切成筷头大小的，制馅的时候，要顺着一个方向搅拌，以增加弹性，当然生姜和胡椒也是必不可少的。湖北做肉圆还有一个“必杀技”，就是在肉里加入占比四分之一的鱼蓉，以增加肉圆的弹性，使肉圆吃起来更嫩滑。

制作肉圆的时候，首先加盐，等肉馅起劲、黏性十足的时候，再慢慢地加水。做肉圆时如何加水也是一门技术，一次性加肯定是失败的；水要分次加入，分四五次加进去，且在每次搅拌至有黏性后再加水。接下来就是入油锅炸制了。炸肉圆的时候，油温一定要升到油开始冒青烟，左手将肉馅挤成圆形的肉球，在离油面最近的地方将肉圆轻放入油锅，“滋啦”一声，无数油泡从肉圆四周冒出，肉圆随着油温的变化，在锅内上下翻滚，逐步从白红的肉色变为金黄，香味也随之扑鼻而来。咬上一口外酥内嫩的炸肉圆，不仅让你唇齿留香，而且让人浑身舒坦。扬州的狮子头大多是由肥肉制作，我尤爱清炖狮子头，记得要用汤匙食用，否则就会闹笑话了。用汤匙轻舀，狮子头嫩如豆腐，汤鲜味美。可能江浙一带的人，大家只有吃着自己家乡的美味时才能让肠胃有种魂魄归“胃”的感受吧？

有俗话说：“好吃的圆子，打一巴掌都吐不出来。”有的美食真的可以让你闭上眼睛，幸福到升天。

我一直没有放弃对“幸福得升天”说法的寻求。有一次陪女儿去武大的图书馆查阅资料，无意中翻阅到一本岳晓东的《登天的感觉》。随意拿出来一看，发现书中竟然被学子们密密麻麻地做上了许多的记号，再一看，这本书再版二十多次，这不禁让我好奇，于是一口气读完了这本书。书中有作者岳晓东和麻省理工学院教授在飞机上的一段对话。作为国内第一位就读哈佛大学的心理学博士，他询问一同前往美国的教授：“做心理研究是一种什么感受？”教授回答道：“登天的感觉。”暗喻将一种事情做到极致都是一种登天的感受。后来，在做美食文化传播的过程中，我无意间听到汪峰《怒放的生命》中唱到“无边的旷野”，“璀璨的星河”，这些是生命怒放的时刻和地方。对于“登天的感觉”，我终于找到了自己的答案。我让电视台的朋友帮我制作了一个视频，把电影《味之道》里食客吃到美味的镜头剪辑出来，加上“寿司之神”小野二郎的食客吃到寿司时无比享受的画面，在《怒放的生命》的歌曲中一一展开，最后用家人的举杯团聚和情侣

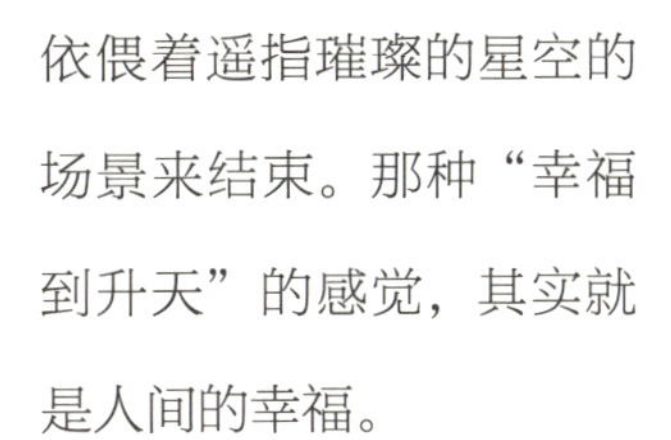

依偎着遥指璀璨的星空的场景来结束。那种“幸福到升天”的感觉，其实就是人间的幸福。

寿司也好，肉圆也罢，只要是含有丰富脂肪的美食，吃下去就会让人有满足的感觉，用“幸福到升天”来形容，虽有夸张，却是从心而来。

吃一口就满足的黄焖肉圆

肥美的刺身会令你有飞天般的感受

12. 腕白肤红纤纤笋，是鲜是苦细裁量

中国食笋至今已有3000多年的历史。有人把笋比喻成美女的手，如唐代诗人韩偓：“腕白肤红玉笋芽，调琴抽线露尖斜。”

竹笋主要产于中国长江流域及南方各地，拥有相当丰富的营养价值，包括其特有的粗纤维、丰富的微量元素以及多种维生素和氨基酸。无污染的生长环境等条件已使其被认为是最佳的绿色食品。

春笋于春季上市，口感清甜脆嫩，味道丰富有层次，特别是和经过时间浸润的腊肉相配时，把食材烹制中“当快则快，当慢则慢”的时光哲学演绎得完美无缺。春笋炒腊肉成为人们在春天打开味蕾记忆的一道美食。记得有一次在家中，我用这道时令菜款待了我的毕业已30年的学生，菜被大家一扫而光，同学们大呼过瘾、好吃。大家都被春笋鲜嫩的口感和腊肉柔韧的咸鲜所感动。春笋不仅唤醒了他们内心沉睡的味蕾激情，而且仿佛让人和春天进行了一次灵魂对话，那美味真的可以让山珍海味退避三舍了。

春笋是立春后自泥土冒尖的楠竹笋，和冬笋比，春笋清甜多汁，虽不及冬笋嫩，但略带涩味的感觉，丰富了口味的层次，得到大多数

刺激春天的舌尖的春笋炒腊肉

人的推崇。人是富有情感的动物，往往容易通过物质产生通感，并用通感赋予物质特性。春笋的青涩让草木香突出，代表了春天的味道。在每年春暖花开之时，我们的味蕾和胃口也不负春光。

由于笋子不太容易消化，性寒味甘，粗纤维含量高，普通人每人每餐最好食用不超过半根，尝鲜就好，感受就行。烹制的时候，可以配点大蒜等热性调料，在“不时不食”的同时，遵循阴阳平衡之道，更有利于在享受美味的同时，实现养生、健康的美食原则。

笋子还是鲜味的象征，袁枚在《随园食单》里记载：“壅土之笋，其节少而甘鲜。”就是说埋在泥土里的笋子是鲜美的。清代美食家李渔在其《闲情偶寄》中说“吾谓饮食之道，脍不如肉，肉不如蔬，亦以其渐近自然也”，并对笋、莼菜等鲜美之本味大加称赞，“此蔬食中第一品也，肥羊嫩豕何足比肩”。

烹制如此美味，我在这里给大家分享一个除去春笋涩味的小妙招：笋子切片后，放入开水里面，加黄酒或者料酒煮 2 分钟，后改用小火煮 15 分钟左右，起锅后将笋子用冷水洗净，即可待用。这个方法比传统的将笋子焯水后用水浸泡至第二天才能食用的方法更加快捷方便。

做饮食这么多年，各个流派的饮食自然是我所感兴趣的。在武汉，也有温州菜和闽南菜，品尝不同的菜系和口味，也可以见到不同的事物和人。美食就有这样的作用。有次带家人去闽南菜馆吃饭，经理热情地给我介绍了这道苦笋，当时我也没有在意味道是否就是苦的，只是因为对笋子有好感就欣然接受了推荐。哪知菜上桌后，大家几乎都是第一次吃到苦得不能下咽的笋子，大家表情痛苦，直呼服务员：“怎么将苦的菜给客人吃？”我连忙制止大家，说这道菜就是苦的，需要慢慢品尝。人们因为对自己家乡的食物或者自己吃到过的甜鲜的笋子印象太深刻，于是产生了所谓的“晕轮效应”。

笋子可并不都是甜的

苦笋又名甘笋、凉笋，野生于山岭之中。苦笋质地脆嫩，色白，清香微苦，回甘滑口，以春末出土的笋苞为佳品。苦笋不但为佳肴原料，而且还可入药。

人们通常用苦笋、排骨、咸菜配制成苦笋煲，味道鲜美，吃后令人回味无穷。新鲜苦笋可直接食用。苦笋有很多种做法：炒、烧、凉拌均可，风味独特，苦中回甜。比较常见的苦笋做法有苦笋烧排骨、苦笋烧鸡、苦笋炒肉、苦笋汤、凉拌苦笋等。

也许正因为有苦笋的存在，才使得鲜甜的春笋让人回味无穷。鲜甜的笋也好，苦笋也罢，都是人世间不同的味道，也许就是彼此的映衬，才有相互的美好。**如同最好的关系，不是接受和给予，不是束缚和羁绊，更不是牺牲和将就，而是彼此付出，彼此成就。**笋是如此，人不也一样吗？

13. “一斗擘开红玉满，双螯啰出琼酥香”

一道食物能摆上餐桌，它的诞生可能经历了我们想象不到的机缘巧合，比如螃蟹。第一个吃螃蟹的人已经无从考证，但后人对他的赞颂之情却从未间断，这个“真勇士”的一次壮举，将螃蟹——曾经国人眼中能驱邪挡鬼的“怪物”，变成了一道经典永传的美食。

秋季的当季花旦螃蟹

螃蟹在中国美食界的地位很高，上至帝王，下到百姓，凡是吃过它的人无不惊叹称颂，其中最“戏剧化”的是汉武帝，他一吃到蟹胶就惊呼道，这螃蟹比凤凰嘴熬出来的胶还要好吃啊！这种感受老百姓是无法体会的，毕竟大家不知道凤凰胶是什么样子的。有了皇帝评语的加持，螃蟹成为中国美食界的“头面人物”，与它横向而行的气质契合起来。蟹，自古就有“四味”之说：“大腿肉”丝短纤细，味同干贝；“小腿肉”丝长细嫩，美如银鱼；“蟹身肉”洁白晶莹，胜似白鱼；“蟹黄”黏性强，口感Q弹。

一道食物要成为经典，必须历经时间的考验。同时，它还需要有广泛的群众基础，被文人所传颂。螃蟹具备了一切“出道”的要素。不少文人墨客专门为螃蟹写诗制撰，多是因为被它的美味所征服。清初文学家、戏剧家李渔有个雅号叫“蟹仙”，他把自家的婢女改名叫“蟹奴”，他每年会积攒买蟹的钱，专款专用。这位老先生对于螃蟹的尊重，让我等吃货叹为观止。他还提出螃蟹应该自剥自食，为此他还有一篇精彩的文章，里面说若是人剥而我食之，螃蟹就会变得味同嚼蜡。这里他不仅指出了螃蟹的吃法，更是指出了味道的节奏奥妙。

对食物最大的尊重还是要用恰当的方式好好烹饪它，让它的光彩得到完全绽放，让人们久久挂念。人们将螃蟹做了一个等级的划分：一等是湖蟹，如阳澄湖的蟹；二等是江蟹，如芜湖的蟹；三等是河蟹。由此可见，中国对蟹的烹制方法更适合淡水蟹，人们喜欢吃蟹是为追求它鲜美的油膏，而海蟹里的蟹肉在吃货的心里排位就比较靠后了。

螃蟹的做法有很多，最常见、最保持原味的做法是蒸，将螃蟹洗净再五花大绑，待水烧热后放入蒸锅，蒸15分钟左右即可。在这个做法里，很多人就螃蟹是冷水蒸还是热水蒸产生了较大的分歧。我个人的经验是热水蒸，热水蒸不仅可以让螃蟹肉质鲜嫩，而且还能减少其腥味，冷水的效果反而差些。烹饪方法简单，对于调料的要求就会提高。原味的螃蟹必须搭配一碗好调料，就像老北京涮羊肉，味道如何，全在那碗蘸料里。螃蟹性凉，上市时虽是秋季，但天气也逐渐转凉，所以在螃蟹的蘸料里有三样东西必不可少，一是姜，一是酱油，一是陈醋。姜用来去寒气，酱油用来增鲜，醋则用来去腥。除了这三样，我个人喜欢在蘸料里加一点糖和青柠，有时还会加两片山楂。在所有的调味品里，盐可提鲜，糖可增香，加点糖会让螃蟹更美味，而且糖还不能加太少。我的秘诀是，加入比例上占醋汁差不多三分之一的糖，能使蘸料里的酸味更柔和，也更能添香增鲜。糖的分量太少，可能使蘸料有点酸，那样不仅会削弱螃蟹的鲜味，还有可能让食蟹的过程因酸味而失去乐趣。有的商家会根据经验而调配好蘸汁，那就少了点自己制作的乐趣。因为螃蟹是凉性食物，所以也可以在蒸制的时候加点紫苏。品螃蟹、饮黄酒也常常是江南食客的搭配，这些都符合老祖宗阴阳、性味平衡的道理吧？吃螃蟹里面是大有学问的哟！

螃蟹的做法除传统的蒸外，早年间还有做“生醉蟹”的方法。把活蟹洗净，放进老酒、酱油和糖调制的酱里，把酱缸放在阴凉处，腌渍三五天再享用，这个做法和韩国的酱蟹很相似。而南方也有用花雕酒创制的“熟醉蟹”的吃法。我带着好奇，尝试制作了一次花雕熟醉蟹，在朋友之间获得一片叫好声。

我挑选的是蟹肥黄厚的阳澄湖大闸蟹，蒸蟹时将盐均匀地撒到蟹腹之上。等螃蟹蒸熟之后放置一边冷却，同时做醉蟹用的汤料，基础调料有红皮花椒、大蒜、黄姜、干辣椒、柠檬片、乌梅、冰糖、桂皮、八角、盐、生抽、白酒或花雕。先用大火将这些配料煮沸，约 10 分钟，再根据我个人的喜好加葱白段和罗勒叶，再煮 1 ~ 2 分钟，然后关火，冷却。将之前的蒸熟的蟹正着放入汤汁，汤汁要没过所有螃蟹背，再用保鲜膜封上，放入冰箱，冷藏 2 天即可食用。这样的醉蟹非常入味，省去了调配蘸料的麻烦，泡软的蟹壳都恨不得要吞进肚子里。至于为满足少数人的猎奇吃法，如加入咖喱或者椒盐，就有点暴殄天物了。

中国美食不仅是用来满足口腹之欲的，也是一种社交方式。用美食可以串联南北情谊，缩短东西距离，人和人的关系在餐桌上自然而然地亲密起来，就像梁实秋先生在《蟹》的文章开篇写的：**蟹是美味，人人喜爱，无间南北，不分雅俗。**

谢谢“蟹先生”带给我们雅俗共赏的美味。

味同干贝，美如银鱼，洁白晶莹，胜似白鱼，令人一见倾心的螃蟹

14. 食有雅俗供品鉴，意象犹在盘盏间

中国的汉字带有象形特征，常有人“望字生意”，好多人去日本，通过对保留的汉字来推断其意思，也能猜出个八九不离十。当然汉字在发展过程中也有许多演化，比如“雅”和“俗”两个字，其最初的意思和后来所表达的意思就有相当的差距。现在大家都将“雅”与“俗”视为一对意思相反的词。雅是褒义词，雅即是正，是规范，是一种气质和姿态，是中国人追求的高境界。俗被视为贬义词，被看作市侩、浅薄，是市井之气。更有人断定：俗是人与谷的组合，所以吃饭当然是一件很俗气的事。这样的理解不仅曲解了雅和俗的本义，还会把人生最重要的“饮食”当作一个庸俗的行为，真正对不起郦食其先生的那句“民以食为天”。

通过《说文解字》我们了解到，古人对于“雅”“俗”的观点本没有带褒贬。有一个成语叫“雅俗共赏”，这是中国人的包容心态，无论是阳春白雪还是下里巴人，无论是精神追求还是物质生活，本没有高低之分，都是生活里不可或缺的一部分。

美食中的“雅”“俗”是相通的。上到帝王贵胄，下到普通百姓，

美好的味道既可以通过雅来呈现，也可以通过俗来体会。大俗大雅才是品味美食的正道。就像一千个人眼中有一千个哈姆雷特一样，不同人看中国古典文学著作《红楼梦》也会有不同的感悟。单看书中对于菜肴的描述，作者对于食物雅俗的见解是非常有趣的。很多人都熟知的“刘姥姥进大观园”那一回里，有一道菜叫“茄鲞”，这个名字不仅难念，而且难写，鲞（音“想”），原指剖开后晾干的鱼，后泛指成片的腌腊食品。作者花了很大的篇幅细致描写了这道菜：“你把才下来的茄子把皮籤了，只要净肉，切成碎钉子，用鸡油炸了，再用鸡脯子肉并香菌、新笋、蘑菇、五香腐干、各色干果子俱切成钉子，用

令人垂涎欲滴的九转大肠

鸡汤煨干，将香油一收，外加糟油一拌，盛在磁罐子里封严，要吃时拿出来，用炒的鸡瓜一拌就是。（庚辰本）”我最近看了个短视频，有人按照《红楼梦》的描述将这道菜复制了出来，整个过程非常繁琐，出锅之后的成品看上去让人颇有食欲。这样的佳肴在刘姥姥眼里，肯定是这辈子都不可能吃到的“大雅”之菜，但刘姥姥的那句评价值得细品：“虽有一点茄子香，只是还不像是茄子。”如果食物失去了本味，到底是雅还是俗，就只能看官自己琢磨了。

美食的雅和俗在九转大肠里体现得尤为突出。记得当年东北的大厨来武汉交流，专门为我和家人烹制了一道九转大肠。在烹饪的前一天他就开始做准备工作。大肠本身的脏腑味非常大，是俗得不能再俗的食材了，所以烹饪这道菜时，下料一定要狠。北方人常用豆蔻、八角、茴香等香料和中草药提香、去异味。另外，为保证大肠易嚼，火候的掌控就全在对慢炖的拿捏上了。他细心地把大肠反复叠套加工，再用高压锅焖制，再在铁锅里用糖色给大肠上色。这道菜的味道是甜中有鲜，咸中有甜，你中有我，我中有你，味道五味调和。大肠完全没有了脏腑食材的异味，那肥肠的丰富油脂，在齿颊间漫溢。大肠口感软嫩鲜香，一嚼即烂，整个菜的摆盘又保持着肠体的形状，成卷的大肠并排立于盘中，色泽红润，香飘满屋，缀着点点翠绿的葱末，一道菜成了一道雅致的风景，真的是“雅俗共赏”了。我被这道美味俘虏，一家人惊叹大厨手艺的高超，多年后我都难忘这化腐朽为神奇的、将雅俗做到极致的九转大肠。后来去北京的后海，我专门去品尝北方有名的九转大肠，可真的很难再找到那种味道了。

现代人在饮食上比较追求新奇，很多“网红”餐厅如雨后春笋般不断涌现，又如昙花一现快速凋零。不少餐饮人也在追求概念、包装、环境氛围，想以这些附加条件去搏市场。这里面不乏有一些以“雅”为概念的精致餐厅，有些还融入了“分子食物”的前卫概念。可我还是认为，衡量美食真正的标准不是所谓“俗”与“雅”的形式，而是食物本身足够好吃，好吃才会赢得长久的市场，那些老字号、传承了几代人的小店，只用了口口相传的方式，就足以在江湖拥有一个名字。

中国文人认为“雅”代表的意境是极简，大简至美，“俗”则可以被称为“接地气”，大俗即大雅。美食家苏东坡可以创制“东坡肉”以飨后人，也发现了“烂樱珠之煎蜜，滃杏酪之蒸糕”的雅食秘诀。**如果人真正沉浸于美食带来的快乐中，哪里还会去纠结它是俗还是雅啊！**

兰度黑菌带子

一抹翠绿总是雅到极致

诱人的蜜渍蔬果

15. 月从今宵美，食自八方来

每个城市无一例外都有一个吃夜宵的好地方，从古时的一日两餐到现代社会的一日三餐，伴随着人们对物质生活和精神生活的需求，作为一日中第四餐的夜宵，不仅仅是三餐的补充，也是和城市一起度过夜晚的享受，更是人们生活的延伸和快乐。

夜市起源于北宋的东京（今开封），在夜市人们可以买卖杂货、品尝小吃、做游戏等。在夜市里往往能吃到最地道的本地风味美食，再加上夜市美食做起来方便快捷，它几乎成了吃货们最不可错过的饕餮阵地。

中国各地的夜市都蔚为壮观，越“夜”越璀璨！灯光旖旎的秦淮河畔，南京夫子庙夜市的美食香气仿佛让人梦回千年，有南京人喜欢吃的小笼包、鸡肉干丝、蟹黄面、牛肉锅贴。在传统和现代气息相融合的上海寿宁路夜市，海鲜烧烤浸透了蒜蓉的香，鸡翅则是外焦里嫩，吃到嘴里满是鲜美；香气飘满了一条街。熙熙攘攘的西安回民风味小吃街是游人的喜爱之地，老马家腊牛羊肉、何家卤汁凉粉，还有名声远扬的粉蒸肉、灌汤包子、麦仁稀饭、清真肉丸、胡辣汤、牛羊肉泡馍、烤羊肉、爆涮牛肚等，琳琅满目，让众多嘴馋的吃家得到味蕾和情怀的满足。武汉的夜市吃的东西也真是不少，汉味十足的各种小吃让人胃口大开，热干面、汤包、蛋酒、鸭脖子、油焖大虾、毛豆、糊汤粉、生煎包、烧烤干子、糖油粑、豆腐花……一道道独特的汉味夜宵，一定也会让你吃饱了撑着走，让你一边喊着“减肥”，一边狂吃不止。

有幸去拜访过开封的夜市，通宵达旦、热闹异常的小吃夜市是开封古城的一大特色。我先被路边烤肠独特的味道吸引了，十来串小烤肠，一口一串，吃进去就有种满足感；再走到人声鼎沸的西广场的夜市，被老字号的招牌吸引，来一碗小黄鱼，来一笼人都说不错的灌汤包，汤鲜味浓的汤包名不虚传，味道可以和天津狗不理包子相媲美。一向晚餐吃得不太多的我，告诫自己适可而止，只得看看走走，迎着夜幕下的霓虹灯，闻一闻满街的鲜香。

我见过许多的夜市，但最让我震撼的还是兰州正宁路上的夜市。正宁路集合了多得数也数不清的美食。临街的门面，桌子搬到了外面的人行道上，马路的两侧也是搭起的棚子，马路中间还有售卖的摊位。夜晚的灯光、喧嚣的声音、不息的人流，那阵势构成了一幅立体的夜宵画卷。中央电视台推荐的回族马大爷的牛奶醪糟汁摊前排起了长队，我自然不会错过这个美味。醪糟的酒香、牛奶的浓香，加点西北干果的甘甜，还有鸡蛋的香浓醇厚，本来人就喜欢甜的东西，这香中带着甜的美食，自然受到大家的欢迎了。这条街上的羊杂碎、肉夹馍和烤肉当然是主打菜，羊肉吃起来又香又嫩，一口一块，吃得人嘴角直淌油。夜市大街上什么都有，大家找寻着自己喜欢的味道，让夜更浪漫，

夜市食材的色彩是绚丽的

和着微风，温暖着自己的胃。夜市慰藉着每一个对城市饱含怀念或敬意的人。

还有一个令人难忘的夜市就是“饱”岛台湾的士林夜市。到台湾旅游，绝对不可错过台湾地道小吃，如大肠包小肠、蚵仔煎、担仔面、卤肉饭……而体验台湾小吃最好的地方则非夜市莫属了。令人印象最深的还是香甜的花生汤和脱骨凤爪。花生汤那香浓丝滑的口感，常常会让你喝得停不下来，而卤味十足又略带酸味的脱骨凤爪，吃起来“脆嘣嘣”的，Q弹感十足，让我忍不住打包一份带回去，和朋友一起分享这好吃的幸福。

随着人们健康意识的提高，夜市逐渐减少，咖啡店和清吧都是80后和90后夜生活的新场所。如今，吃饱喝好已经被联络感情的私人聚会取代，美食不再是夜

半条街、四条线的正宁路夜市

马大爷做的香甜柔滑的牛奶鸡蛋醪糟汁

肉夹馍总是那样的经典

市风景独好。夜市作为文化的一个部分，不会消失，只会转变。吃夜市，利弊兼而有之，需要注意的是，夜宵过饱会给肠胃消化带来负担，食物消化的时间过长会诱发失眠。

夜市总是带着夜晚的星光璀璨，人间至味的光芒，让人目不暇接，令人眼花缭乱。一个个地道的小吃，凝聚了文化的传承，带着深夜食堂的诱惑，撬开夜晚里人们的味蕾，满足我们的口腹之欲。人的食欲就是这样奇特，从早到晚，从小到老，绵绵不绝。

这也许就是人生的意义，一日四餐，善待自己。伴随着夜晚的月光，和着朋友的欢声笑语，诉说着生活的美好。

台湾夜市上香甜润心的花生汤

PART 4

健康有法 食有方

吃不仅是生活的艺术，更是健康和长寿的关键之所在，食疗养身，亦能养心。中国人讲究食疗，古人在《千金要方》中揭示健康的要义：“安身之本，必资于食。……不知食宜者，不足以存生也。”

养生是为长寿，长寿是人生的终极目标和课题，而良好健康的饮食习惯是我们能够实现长寿的重要路径。我们拥有健康并不仅是为了长命百岁，也是为了享受我们能拥有的美好时光，而会吃就是健康的前提。

1. 食亦有德

“食德”还真不是现在才有的说法，过去就有，其原词义和现代的意思接近，只不过近年该词被我们重提而已。孙中山先生在品尝宣威火腿后，亲自挥毫，题下“饮和食德”四字，以表彰“火腿王”浦在廷“以和为人，以德经商”的美德。

“饮和食德”的“饮”字读“荫”音，饮和，意谓使人感到自在，享受和乐。《庄子·则阳》“故或不言而饮人以和”，意思就是不要用言语教育人，要给予人心灵的和谐。至于“食德”，《周易·讼》中说“六三，食旧德”，就是享受先人的德泽，即“承祖荫”的意思。

而“食德”指不铺张、不浪费的饮食道德，后来在朱柏庐的《治家格言》里有所提及：“器具质而洁，瓦缶胜金玉；饮食约而精，园蔬逾珍馐。”

白岩松谈过一个观点，说这个世界上讲究“德”的有医生和教师，教师有教书育人的育人之德，医生有救死扶伤和抚慰心理的医德。而站在人和自然协调发展的层面看，我说，由吃所引发的对人类自身安全的挑战和对道德的拷问的食德也很重要。

曾几何时，人们对食物的选择，有天上飞的、地上跑的、水里游的，好像是无所不吃，仿佛人类拥有主宰食材的力量。但其实人在自然面前是微小的，病毒和病菌其实在自然界里存活了数亿年，人类从进化开始到现在不过存在几百万年，农业时代距今也不过是一万年，或许它们才是自然生物界里的主宰，人类哪能不存敬畏之心啊？

有的人在食物的选择上有种猎奇的心态，扑杀海洋动物，乱吃野味，且不说2020年的新型冠状病毒是不是和野味有关，但野猪、野兔、野蛇、蝙蝠、果子狸、穿山甲带有各种致病病毒是不争的事实。人们破坏自然生态而扑杀和食用保护动物的猎奇心态，可能满足的是少数人一时的口腹之欲，其后果是破坏食物链，导致一些野生动物的退化、灭绝；破坏生态环境，那些依靠野生动物传播种群的植物会遭受影响；破坏生物多样性，生物进化会被迫中断；破坏生态平衡，会加大野生动物与人类的直接冲突。而种种后果出现只是时间的问题，人类终将为此“买单”而自食其果。

中华民族历史上多次经历饥饿。余华的《活着》就记录了三年困难时期的伤害。能有吃的，为了不饿死可能会抛弃一切道德的约束，那是人求生的本能。随着人们生活的改善，什么该吃，什么不该吃应该有选择，文明就是要善待万物，狮子饿了它才吃兔子，那是食物链，但鲸鱼、熊掌、鱼翅并不在人类的食物链上，更不用说吃野生的、带病毒的动物，这种猎奇的、存在道德失衡的吃法，只能把人类带向无底的深渊。

我们把动物称为非人类动物，意在提醒人类和动物的关系，人类

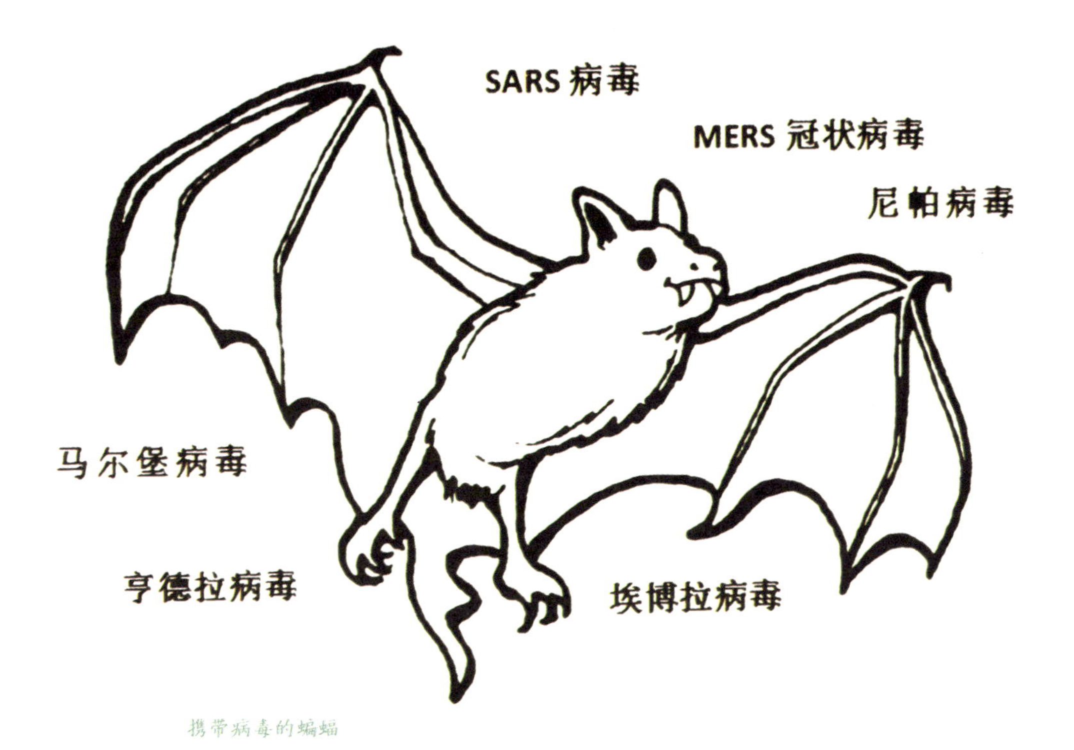

携带病毒的蝙蝠

也不能凌驾于其他动物之上。中国人在吃上的想象力和创造力是其他民族无法比拟的。人们巧妙地用烹饪方法或者雅致的菜名、历史人物和故事，让人喜而忘却食物的本来面目，我们用煎炸爆炒炖焖煨等高超的烹饪技术，从心理上把对动物的杀戮和饮食隔离开来，从而心安理得地享受美食，虽然这也是人类向更高文明发展的过程中不可避免的，但也让少数人忘却了食德的底线。

过去的一些残忍的烹饪方法，我一向反对。这是我们传统饮食文化的糟粕，是阴暗的、残忍的。我很少写这类文章和讲这种故事，只怕那血腥的画面会败坏人的胃口，有违美食给人美好感受的初衷。

现在人口多，资源又相对较少，更不幸的是，人的欲望又空前地高。孔子虽然说“食色，性也”，但也说过“饭疏食饮水，曲肱而枕之，乐亦在其中矣”，说的就是人不要做口腹之欲的奴隶，饮食上应中庸、适度，既不提倡沉迷于美食的愉悦之中，也不鼓吹苦行般地拒绝所有感官的乐趣。老子在《道德经》里强调：“五色令人目盲；五音令人耳聋；五味令人口爽；驰骋田猎，令人心发狂；难得之货，令人行妨。是以圣人为腹不为目，故去彼取此。”老子认为理想的生活方式就是解决腹胃的需要，而不是迷恋于山珍海味和美味刺激，更不为眼花缭乱的外界所诱惑，圣人为解决口腹之欲更应该提升内在的修养，抑制内心的欲望，使灵魂得到升华，这才是他希望的无味之味的平淡的生活。

元代戏曲家马致远在《岳阳楼》中说：“人能克己身无患，事不欺心睡自安。”人能克制自己就没有灾祸，做事不昧着良心自然就能安睡。**真正丰满的人性，是谦卑而高贵，善良而坚强，真诚而智慧，潇洒而宽容，克制而自在的，既具有理性的硬度又拥有感性的温情。**

2. “冬吃萝卜夏吃姜”

我们常用“冬吃萝卜夏吃姜”来说明“春夏养阳，秋冬养阴”的中医养生道理，而“春夏养阳，秋冬养阴”也是食物进补的原则。阴阳学说是我们老祖宗发明的，非舶来品，没有受到外来的思想干扰，千百年来，一直成为指导人们生活和生产的原则，是优秀传统文化和广大人民智慧的结晶。对老祖宗的精髓，有的人的理解总是千奇百怪、千差万别，往往把这个博大精深的养生之道或是曲解，或是以偏概全。

阴阳是中国古代哲学中的思想，《周易·系辞》：“一阴一阳之

“姜军”总是有点辣

生食脆如梨，熟食甜似芋的萝卜

谓道。”古人用阴阳来说明事物的结构，阐明事物间的关系。《周易》认为，整个世界就是阴阳这两种力量在运动和矛盾中发生和发展以及相互斗争的结果。

《素问·四气调神大论》：“夫四时阴阳者，万物之根本也。所以圣人春夏养阳，秋冬养阴，以从其根，故与万物沉浮于生长之门。”

“春夏养阳，秋冬养阴”一语，大家可能不太好理解，春夏阳气旺盛，反倒要“养阳”，秋冬阴气渐长，反倒要“养阴”，似乎有悖阴阳平衡的养生大道。更有甚者把“春夏养阳，秋冬养阴”错误地理解为春天胃凉，所以要吃点阳性食物来“生阳”，冬天胃暖，吃点冰激凌也是可以的。

其实“春夏养阳，秋冬养阴”是指中医通过望闻问切、辨证施治，用中药或者食材的寒热温凉、升降浮沉来调节人体脏腑的阴阳平衡，达到正气存内、邪不可干的目的，也就是西医说的提高人体免疫力。理解了这个根本，我们再来理解“春夏养阳，秋冬养阴”就容易了。

春夏养阳，说的是夏天人体腠理[1]大开，体内阳气易泄，人们又喜生冷饮食，更增体内阴寒之邪，故吃姜祛寒暖胃，能起到固本培阳的目的。基于这一点，我们就不难理解，为什么夏天空调的温度过低对人体有危害了。一个西安的朋友去山里避暑，用山泉水洗脸，然后在回家的时候车上开窗，吹了冷风，寒凉侵入人体，而出现面部神经疼痛问题。其实好多人都因气血不活，加之寒湿侵入人体，而导致头痛。《养老奉亲书》里指出：“夏日天暑地热，若檐下过道，穿隙破窗，皆不可乘凉，以防贼风中人。”轻者面部神经痛，下肢酸痛、乏力，头痛，腰痛，易感冒和患不同程度的肠胃病等；重者则会患皮肤病和心血管疾病。

春夏之季由寒转暖，由暖转热，季节变换。此时是人体阳气生长之时，宜进食大葱、生姜、豆芽、春韭和春笋（民间称之为“发物”）等生发阳气的食品，使阳气顺应季节、天气变化以达生发目的。

夏季则要慎食瓜果冷饮，避免人体阳气过分消耗。阴阳互助，就

---

① 腠理指皮肤、肌肉的纹理。分皮腠、肌腠等。腠理是渗泄液体，流通和合聚元气的场所，有防御外邪侵袭的功能。腠理和卫气在生理、病理上有着密切的关系。卫气有温润、充养腠理，控制腠理开合的作用，若卫气平和，则腠理致密、开合有度，能抗御外邪的侵袭；若卫气不足，则腠理疏松，外邪得以随时侵入。

是我们说的孤阴不生、孤阳不存，阴阳相互滋长。阳气生发，必须有阴的补充才能使身体的阳气生发。在酷暑炎热之时，也应阴居避暑热，保护阴津，防过汗伤阳。在食性上宜清凉生津，来适应阳气的生发，为阳气的生长提供源源不断的基础，此时不宜滋腻厚味以免伤阴助热，也就是我们常说的春夏宜清淡，宜酸苦咸。酸性收敛，以防暑热亢盛而气阴耗散，苦能泻火保阴液，以消酷暑亢热。夏季不宜过食辛甘食物，以免发散助热。

三九寒冬，皮肤腠理紧闭，则要保护体内阳气不致外泄。吃羊肉、辛辣之物类似添柴助火，温煦全身，可抵御寒邪。这是食物性味作用人体的直接反映。但冬天封藏之体，肥腻厚甘之品吃得较多，吃萝卜就有助于脾胃升降，使脾胃运转畅通，即有助于食物的消化吸收。冬天吃得多，形成积热，故需凉化。不是肠胃本身冬热夏寒，而是食冷致寒湿、食积致燥热的偏好导致人体冬热夏寒。这样我们就不难理解在“春夏养阳，秋冬养阴”的理念中，为什么要“冬吃萝卜夏吃姜”了。

秋时渐寒，冬时寒盛，人们喜食辛辣或饮酒御寒，但辛辣之品易生内热，这也是我们说的秋天容易上火的原因。秋冬之季更应固护阳气，防寒保暖，保护消减的阳气，使阳气不至外泄；同时也要适应阴气渐长的特点，增食羊肉、韭菜、干姜、肉桂等温阳食品。

调节阴阳平衡是中医治病的根本法则，阴阳平衡，则人体健康。阴阳是此消彼长的，既相互对立又相互为依，此谓“孤阴不生，独阳不长”。阴阳和合，谓之道也。

阴阳五行是中国古代哲学中朴素的唯物辩证法思想，在“天人合一”思想的指导下，人类生生不息，阴阳五行学说对中国人产生了广泛而深刻的影响。中医讲究的辨证施治，不为纲常所约束。春夏养阳，秋冬养阴，也是人们顺应四时阴阳的变化，追求生命平衡的完美概括。

我喜欢中医，但不是医生，正因为“春夏养阳，秋冬养阴”和食有关，更需要正本清源。为此我专门请教武汉中医院的张义生教授，我们反复探讨，又请他为我的这篇涉及中医观点的文稿提出意见，张教授看过后给予极大的鼓励：“能将自己的体会与观点说明白，与他人分享，助人健康，功德无量。”

春

夏

秋

冬

3. 过午不食的智慧

徐静蕾曾经在自己的博客中透露了一个懒人减肥法—— “过午不食”，并表示效果明显。这种一天只吃两顿饭的方法，其实非常传统，中国人在唐朝以前都是一天只吃 1 ~ 2 顿饭。那这千年的传统为何而形成，又为何而突破呢？这个“午”到底指的是什么时间呢？

所谓的过午不食，是佛陀为出家比丘制定的戒律。佛在《舍利弗问经》中说：“诸婆罗门，不非时食，外道梵志，亦不邪食。”“不非时食”，也就是说不能在规定许可以外的时间吃东西。这个时间就是正午到次日黎明，这段时间内是不允许吃东西的。

中国的历法很玄妙，其中对于一天时间的记录用的单位是“时辰”。古人把一天划分为十二个时辰，每个时辰相当于现在的两小时。相传时辰是根据十二生肖中的动物及其出没时间来划分的，从子时到亥时，一天圆满。有了时间的记录，人们的生活也就有序起来。以前古人一天只吃两顿饭，第一顿在“朝时（辰时）”，早上 7 点到 9 点用餐；第二顿在“晡时（申时）”，下午 3 点到 5 点吃饭。这种饮食方式与当时人们的生活劳作方式相呼应，古人讲究日出而作，日落而息，天

午后暖洋洋的阳光

黑后也没什么休闲活动，所以在劳作前后吃饭，既省时间又节约粮食。再加上当时还推行宵禁制度，晚上想去街上溜达是绝不可能的，所以那时候没有“夜宵文化”。伴随着经济的发展，唐朝以后，古人逐渐开始有了一日三餐，直到明代，富裕的地方才基本形成一日三餐的规律。诗人白居易在《咏闲》中说：“朝眠因客起，午饭伴僧斋。”明确提到了午饭。到了宋朝，美食爱好者就更加“放飞自我”了，经济发达的宋朝取消了“宵禁”，在繁华的地方出现了夜市，宋代的夜市文化比起现在毫不逊色。宋代孟元老在《东京梦华录》中记载：“（汴梁）夜市直至三更尽，才五更又复开张。如要闹去处，通晓不绝。”中国人对于美食的追求，总能做到极致。不仅食物种类丰富，而且可以通宵达旦地享用，真是“好吃佬”的天堂。

回到开头，现在的我们到底应

该推崇“过午不食”的传统饮食方式，还是一日三餐加夜宵的欢乐生活呢？我个人的意见是，对于减肥阶段的人可以采用“过午不食”的方法。这里的“午”实际是指下午一点。一点钟以后，就不要再吃东西了，饿了怎么办？可以喝果汁、吃水果，这样可以让肠胃空出来，从而消耗体脂。但是早餐和中餐一定要营养充足而均衡，不然容易造成营养不良，反而对身体无益。

然而，过午不食现在倒是很多热衷养生的人的选择了。

《黄帝内经》说的“胃不和则卧不安”，以及《千金要方》说的“夜饭饱，损一日之寿”正是这个意思。医家自古就提倡“早吃好，午吃饱，晚吃少，晚餐不吃最为好”，并特别强调“人要长生，肠要常清”。俗话说：“马不吃夜草不肥。”同样的道理，人不吃晚饭也不会肥胖。不吃晚饭，不会把人饿死，但是晚饭吃得多，会把人撑“死”。这是最基本的养生常识。刘纯在《短命条辩》里说：“过饱伤人，饿治百病。”用现代科学的观念来解释就是，由于人体的新陈代谢从凌晨4点开始加速，而在下午4点到达最高峰，因此这段时间人体必须补充充足的营养。这就是我们必须吃早饭和午饭的理由。

我的美食健康讲座中最受欢迎的还是养生饮食的话题。我常常抛出的话题就是，我们如何多活二十年？答案就是晚餐吃七分饱，而非不吃晚餐。为此科学家们进行了大量的研究。英国《自然》杂志发表报告说，限制哺乳动物的食物摄入量，能够有效地延长生命周期。美国科学家对多项研究结果综合分析后认为，只需降低进食量，就能延年益寿。

具体来讲，可以把晚餐饭量减少 1/3，饭前喝汤，细嚼慢咽，多食含纤维的食物，七分饱的关键是两餐间隔 4 ~ 6 小时，食物多样化，不吃太热的食物，饭后甜点少吃，这是吃饭的黄金法则。太饱会导致早衰、痴呆、伤肠胃、肥胖、致癌。过午不食看来是有讲究的，以过午不食为基本的原则，在保证营养的前提下适当少吃晚餐，这才是我们对过午不食的科学理解和合理把握。

艰难的日子里要的是百折不挠后的平静心态，幸福的日子里要的是顺其自然后的细水长流。有所节制的生活节奏，既是享用美食的长久之计，也是人延年益寿的智慧选择。

4. 发物和忌口

关于食物相克，中西医的看法是不相同的。西医从营养学角度来分析，认为食物相克指的是食物过敏和中毒。食物相克的案例中，网传有人同时吃了蛋白质含量高的虾和维生素 C 含量高的橙子，二者发生反应生成砒霜而中毒。而实际上，这需要一个人同时吃 80 斤的虾子和 10 个橙子才有可能，所以对食物相克，有人的理解存在误区。传统中医的食物相克说法由来已久，中医认为的食物相克不仅需要因人而异，而且要辩证地看。

其实中医所说的“发物”“忌口”更能合理地解释有些相克现象。它的基础是我们古人的“天人合一”的思想、五行五味的学说和阴阳平衡的理论。

《金匮要略》指出：“所食之味，有与病相宜，有与身为害，若得宜则益体，害则成疾，以此致危，例多难疗。”强调的是病中忌口的重要性，中医还认为，食物的性味也有忌口，食物和草药一样有“寒、凉、温、热、平”五性，“辛、甘、酸、苦、咸”五味。《黄帝内经》中的《灵枢・五味》中记载：“肝病禁辛，心病禁咸，脾病禁酸，肾病禁甘，肺病禁苦。”这些性味忌口的原则在实际的运用中效果显著。

《中国药膳辨证治疗学》中称：“发物指能引起旧疾复发、新病加重的食物。”现代临床中医认为发物多是一些具有辛温发散、温燥助火、荤腥腻滞等性质的食物。的确有人吃了虾、蟹等蛋白质含量高的食物后会诱发荨麻疹、湿疹等病，但实际上发物所导致的不良后果会因每个人的体质和所患病的不同而不一样。有的人海鲜过敏，有的人牛奶过敏，有人吃西瓜会腹泻，有人吃红枣会引起牙周炎……发物有着明显的专一性，因人而异，因物不同。发物不是有毒，中医有时合理地用发物来对症治疗，发挥其有益的作用，哺乳期的妇女就宜食用促进乳汁分泌的鲫鱼、龙眼、猪蹄、羊肉等，而对秋冬时感冒的病人，中医也常用红糖、姜等属发物的食物来治疗。

不管是我们所说的相克，还是发物和忌口，都说明了食物的搭配和性味要和人的体征相结合。只要在科学的认知下，运用传统中医的智慧，合理地规避食物相克的问题，就可以做到吃对而不吃错，避免吃错食物给人体带来的风险。

大家可能还记得电影《双食记》，该电影被称为“男人的噩梦，女人的最爱”。美女和美食看起来赏心悦目，但也阐述了人物和食物如果搭配不好，也会要人性命的“相克”话题。的确，食物搭配有宜和

“火气”也会导致要命的牙疼

不宜之分，人不也是如此吗？男女的爱情，也要讲究禁忌，只有贪欲，无疑也是危险的。

《双食记》中的所谓“杀人食谱”，就是运用了传统中医所说的食物相克的道理，将食物处理为一盘盘损人健康的“夺命菜”。

其中经典的就是椒姜羊排煲和西瓜莲子羹。羊肉性温热，具有温肾补阳的特点，西瓜性甘寒，吃了肥甘厚腻的羊肉，再吃西瓜，容易“积寒助湿”，对阳虚或脾虚的人来说，极易引起脾胃功能失调，出现腹泻、腹痛等不适。电影中陈家桥半夜肚子绞痛、头冒虚汗，就是因为食物相克。电影中还出现了香酥脑花配花生乌鸡炖参汤，蒸大闸蟹配番茄芋头牛肉羹，爆炒田螺和甲鱼汤，这些菜都是因人的体质不同，通过食物温热寒凉的相互作用而对人体造成了不当影响。电影虽然有点艺术上的夸张，但是还是比较真实地再现了食物忌口的问题。

中医对忌口的认识，一般包括疾病忌口、体质忌口、用药忌口、因时忌口等，而我们所说的发物属于疾病忌口和体质忌口。

历史上朱元璋用发物蒸鹅除掉功臣徐达，就是利用徐达背部的脓疮，让脓疮恶化，置人于死地。

有一点大家要注意，中医也是讲究辨证施治的，并不是“一刀切”。中国传统文化讲究恰到好处，过犹不及。忌口和发物也不是绝对的，中医所说的忌口和发物，其实要强调的就是一个度的问题，吃任何食物都要有度，不过度一般是不会产生严重的不良后果的。

生活中的道理其实都是相通的，人生有尺，做人有度。“度”要求做人有分寸、知进退。做人恰如其分是人生的最高境界；做事恰到好处，是人生的最大学问。世间的好与不好，善与不善，是一个事物的两个方面，相生相克，互为其根，没有绝对的好与善。食物相克也好，发物忌口也罢，记得《老子》所言：“慎终如始，则无败事。”

5. 吃对食物，增强免疫力

我们的免疫系统作为屏障在保护人体，是一个人健康的基础。任何病毒都只有通过攻击人的免疫系统，才会使人真正感染上病毒，所以提高人自身的免疫力是以不变应万变的防御良策。免疫力强调的是一个平衡，太低就会有被病毒攻击的风险；太强也会出现红斑狼疮、类风湿和过敏的情况。

因为能和病毒对垒的就是人体自身的免疫力，它是人体对抗外界的病原微生物以及其他一些不利因素的防御系统。人的免疫功能越完善，遭受病毒侵害的概率就越小，即使不幸受感染，也能将病毒的侵害程度降至最低。

营养免疫学家认为食物在免疫系统功能的维护上有三大功能：一是调节内分泌，从而稳定免疫系统；二是清除潜入人体内的有害物，保护免疫系统；三是提供维生素、矿物质以及其他特殊养分，营养免疫系统。所以说，吃对食物能有效地增强人的免疫力。那我们到底该怎么吃、吃什么才能提高免疫系统的稳定性呢？

首先要做到膳食均衡，这是前提。均衡饮食、营养合理有助于改善人体的免疫力。人体的健康是基于膳食平衡的前提来说的，免疫力的提升一样要基于这个前提。只要大家合理地饮食，不偏食，补充足够的人体所需要的蛋白质、脂肪、葡萄糖、维生素，不暴饮暴食，就能够维系人体正常的免疫功能。而要做到这一点，按照《中国居民膳食指南》的要求，建议大家平均每天摄入 12 种以上的食物，每周 25 种左右，这样才能保证人体包括免疫系统的营养所需。

其次要做到合理选择食物，这是关键。提高免疫力的好食物有很多，比如有利于免疫力提高的牛奶、鸡蛋、瘦肉、大豆等高蛋白食物，因为它们是免疫细胞的重要营养来源。另外最新研究发现，酸奶能刺激机体产生干扰素，促进抗体的产生，酸奶中的乳酸菌也有呵护肠胃的作用，进而可以大幅提高机体免疫力和抗病能力。还有一些食物对

早餐尽量丰盛一点

提高免疫力是有帮助的，例如海产品、菌菇类、动物肝脏、瘦肉等含锌多的食材；含铁高的食材有动物肝脏、鸡鸭血、猪血、猪牛羊肉等。维生素 A 是免疫力的第一道防线，动物肝脏、胡萝卜、西蓝花（根茎不要丢掉）、菠菜等食材中都含有丰富的维生素 A。植物油、坚果、豆类、谷类的维生素 E 是免疫力的调节剂，这也是保证身体健康、提升免疫力不可缺少的。

值得注意的是，蔬菜瓜果中的维生素 C 是抗体形成的催化剂，也具有抗病毒感染的作用。西蓝花、大白菜、西红柿、猕猴桃、草莓、菠菜都是维生素 C 含量丰富的食材。我们普通人只要均衡饮食，做到一天摄入蔬菜 300 ~ 500 g，水果 200 ~ 350 g，从中获取的维生素 C 就能基本满足身体需要。所以，有句简单的健康饮食口诀：一斤蔬菜，一把豆，一个鸡蛋加点肉，杂粮水果都吃够。再就是多吃大蒜，美国马里兰大学医疗中心研究发现，大蒜中含有杀菌和抗病毒的物质，不仅有助于提高免疫力，还能帮助防止心脏类疾病。在吃大蒜的时候，建议将其捣碎后放置 10 ~ 15 分钟再吃，让蒜氨酸和酶等物质互相作用，提高营养价值。东北人吃烧烤、吃饺子都喜欢食生蒜，一口肉、一口蒜，这种饮食习惯对北方人来说很“酸爽”，但从营养和保健的角度看，是有积极作用的。

在吃对食物后，就需要注意食用的方法了，这也是提高免疫力的必要的方法。尽量做到不吃生冷的食物，如沙拉之类的凉拌菜或者增加抗氧化能力的蔬菜，一定要用凉开水洗净后食用，切勿生水洗涤蔬菜而进食。蔬菜瓜果最好削皮后食用，把受污染的可能降到最低。糯

杂粮也是要经常吃一点的

食一定要趁热食用，不太容易被消化的糯食冷后食用会增加肠胃的消化负担。不吃太辣和太烫的食物，太辣和太烫的食物会损伤肠胃的黏膜，有好多年轻人有肠胃疾病，就是不良饮食习惯造成的，如爱吃过辣的火锅，喝太烫的茶或汤（不能超过 65 ℃）。晚餐不吃难以消化的食物，特别是不能吃大鱼大肉，否则消化时间过长（牛肉在人体被消化的时间长达 6 个小时），影响睡眠，而我们知道充足的睡眠是提高免疫力的重要保证。

人体的免疫功能很大一部分都在肠胃之中，其实这些好的饮食习惯，主要的目的就是保护肠胃，进而提高人体的免疫力。我们说，吃对食物可以增强人的免疫力，当然与其他方法相配合也是提高免疫力所需要的，吃对食物是重要的基础，其他的方法是有效的辅助。这个主次关系还是很清楚的，吃不对，辅助方法再好也无济于事。

其他增强免疫力的方法，例如保证睡眠、合理晒太阳、适度体育锻炼、适量喝茶、保持心情愉悦等，都有一定的作用。我喜欢喝熟茶，怕喝生茶之类的刺激肠胃而影响睡眠。有次喝生茶的时候，中午晒了下太阳，发现自己晚上也睡得很好，究其原因，其实是晒太阳使体内物质转化成褪黑素，有助于人的睡眠。

有研究表明，现代人运动偏少，空调使用过多，生活压力过大，这些都是造成中枢神经敏感性下降、基础性代谢降低、人体温降低的原因，其结果是导致白细胞也不活跃，对抗病毒的能力下降，这也是人体生病的原因。而人类的体温每降低 1 ℃，免疫力就会下降约 30%。现代人的体温大多 36 ℃多点，而不是过去的常态 37 ℃。看来人们要开始反思自己的饮食行为和生活方式了，要明白，一个人所有的能力中，只有**免疫力才是最强的竞争力，而吃对食物就是增强免疫力的基础保障和良好途径。**

6. 愉快地吃，快乐地长

中国人对吃的态度一向很虔诚，对孩子吃的问题更不敢马虎。前些年成都有个中学的学生食堂出现问题，全国上下都很关注，后经调查是食堂管理有问题。围绕这次事件，立马有人评论日本的食育教育如何好，也有的人把法国的学生餐好好地夸奖了一番，连意大利的慢食、法国的饮食感知和芬兰的厨房教养都在被褒奖之列。

他山之石的确可以借鉴。其实中国人对待吃的态度一向是很严谨的，有的学校对孩子的饮食也是很用心的，想方设法保证孩子的饮食健康。有的学校的学生食堂做的美食成为孩子们的最爱。关于食育的问题，学校也好，家长也罢，其实都是围绕一个目标——让孩子不仅吃得好，而且吃得美。

孩子们的饮食安全，国家早就高度重视了，很多学校的学生午餐准备绝对不亚于一次大型的宴会准备。三菜一汤基本是标配，卫生营养的分餐制也执行得不错。为了避免进餐学生过于集中，有的学校食堂师傅把做好的饭菜进行保温，放在教室门口，等待学生下课。许多孩子最喜欢吃的就是学校食堂做的西红柿炒鸡蛋、蒸鸡蛋、炸鸡、烧

酸辣土豆丝是孩子们喜欢的美味

鸡翅，其中各种做法的土豆也受学生的喜爱，还有的孩子对西红柿烧牛腩情有独钟。学校的学生餐俨然是一道亮丽的风景，更是学校文化的一部分。

我曾担任过教育系统的美食大赛评委，入选优胜的标准之一就是适合学生吃并适合大锅制作，那些花拳绣腿的造型菜，做得再好看，一律不能入选；那些有营养、有味道的菜，例如香喷喷的粉蒸肉、鲜香的黄焖牛肉、弹牙爽口的红烧肉圆会进入我们的视线。遗憾的是，食堂的大厨们对营养丰富、容易消化吸收、含蛋白质高的鱼类菜肴做得较少，因为担心孩子们有被鱼刺卡喉的风险。也许初衷是好的，但给学生全面均衡的营养，并教会学生不同食物正确的食用方法，不也是学校的食育教育需要注意的地方吗？我们决不能因噎废食啊！

我国早就提出了平衡膳食、均衡营养的要求。之后又推出《“健康中国 2030”规划纲要》，期望塑造大众自主自律的健康习惯，全面普及膳食营养知识，推进健康饮食文化建设。营养均衡是人类理想的膳食目标，最能满足人的生理需要，一旦能认识到膳食构成与健康的关系，我们就能一步一步地走进现代营养科学的殿堂。

午餐是一日三餐中很重要的一餐，绝大多数孩子午餐都在学校吃，关于营养搭配的问题，我想每个学校应该配有营养师，确保孩子们营养到位，做到膳食均衡。有经验的厨师都知道，真正好吃的菜其实就是大锅菜，各种食材的味道在大锅里充分地激荡和融合，有着一般小锅菜无法企及的美味，特别是烧菜，大锅做的烧菜好吃得不得了。红烧鱼、红烧豆腐、土豆烧牛肉，鸡蛋烧五花肉等，都是食堂里的顶

西红柿炒鸡蛋是学生的最爱

好美味。

学生餐首先要确保食材新鲜；二是要合理加工，杜绝危害健康的问题发生，如土豆的发芽问题、四季豆中含有容易中毒的皂素和植物凝血素，一定需要熟透才行，不能吃起来有脆生的口感，应时的新鲜黄花菜最好不要食用，这是厨师的基本常识，事关学生的健康，不

试错也是一种成功的收获

动手是最好的食育实践

可马虎；三是合理烹饪，多制作带点汤汁的烧菜，让孩子们蘸着饭吃，那种鲜香也是饭菜融合的味道享受，少制作炸制的鸡腿什么的，油温过高容易产生有害物质，换成红烧鸡翅也一样会受孩子们的欢迎；最后一定注意保温，一热三鲜的道理是厨师们必须在各个环节上把握的关键。烹饪时多用天然的鲜味食品如西红柿和香菇等食材，减少盐的用量，适当控制糖的用量，尽量把食材天然的美味传递给孩子们。

根据饮食科学的基本原则，建议学生餐每顿进餐时间在 20 ~ 30

分钟，这样才能保证食物被充分地消化吸收，有利于孩子的身体健康；每次咀嚼食物的时间，建议不少于 20 秒，这样才能确保人充分地品尝食物的味道，可以吃出米饭的香甜，品出食物本真的味道。

只要我们用心，食堂的饭菜一定会做得让孩子们喜欢。许多年后，我相信孩子们一定会记得师傅们在学校做得最好吃的菜，因为味道有记忆，孩童的记忆最深刻！

教育是一项神圣的事业。肩负着孩子们健康和未来的大厨们、阿姨们，你们其实也是孩子们的老师，也一样从事着神圣的事业，因为你们也给予了孩子们成长的智慧和力量，作用一样巨大。**当我们用爱心为孩子做学生餐时，情感也可以成为最好的调味品，学生餐一定也可以美味起来。**多一份爱人之心，自己也会多一点幸福的理由。

7. 年轻人的“佛系”养生

源于日本的“佛系”说法的核心是“有也行，没有也行，不争不抢，不求输赢”。“佛系”是现在流行于年轻人中的时髦词汇，它表达一种淡定的心态，不刻意追求，顺其自然。时下在年轻人中最为流行的养生方式便是“佛系”养生，用更加通俗易懂的语言表达就是“一边作死一边自救”。他们会在啤酒中加枸杞，可乐中放党参，去了夜店后再去夜跑，或者在每天至少一杯的奶茶里选择“少糖”，也会因

夜生活是年轻人的专属

为体重秤上增加的数字而坚持吃上一个月的“草”。似乎年轻人一边不太节制地享受着饕餮美味，一边又在“佛系”地养生，随性的饮食习惯让还在成长的身体提早透支着健康，可能这就是当下有些年轻人的现实生活的写照。

美食更是年轻人的所爱，正如孔子所说：“食色，性也。”美食作为一种社交方式，早已突破了“吃”本身的功能和意义。二十几岁的年龄正是追求美食的热情最炽烈的时候，他们敢于尝试，也敢于探索和挑战。年轻人的味蕾刚刚从家常菜的简单清淡中解脱出来，他们就像脱缰的野马，一头扎进大千世界的五味繁杂之中，敏锐的味觉能够有力地感受到各种味道的刺激。发现一家独特的餐馆，就一定要分享；知道某款美食之后，就一定要去“拔草”。“网红”餐厅和“网红”美食的兴起，都显示了当代年轻人对于美食的热爱，毕竟这是最容易获得的满足感和幸福感，还能缓解工作生活中的压力。

年轻人畅快地享受着美味的惬意，又不得不面对其中存在的健康风险。年轻人喜欢享用五颜六色的甜品和饮料、“变态辣”的烧烤、生冷的海鲜、高油高热量的油炸食品。味道的五味杂存带来的危害，可能早已被忘

吃喝是年轻人的喜爱

记。杂乱的味道、胡吃海喝，会败坏味觉，从而让人身体受损。

有些年轻人喜欢牛排、炸鸡、碳酸饮料、蛋糕等食品，这样的饮食习惯，往往会造成人体摄入热量过多，容易引发肥胖，而且还会造成营养不均衡，影响健康。

有些年轻人饮食上过于“洁癖”，有的又不讲卫生，认为“不干不净，吃了没病”；即使从小就接受“病从口入”的教育，但与澎湃的欲望相比，自律的确不是一件容易的事，所以苏轼也会感叹“口腹之欲，何穷之有”。

有的人饥一顿饱一顿，饮食毫无规律。年轻人的营养不良和营养过剩同时存在，特别在大学生群体里尤为突出。据某机构统计，大学生群体中，不吃早餐的大学生多达 40% ~ 50%，不吃早餐会导致低血糖、反应迟钝，增加胆结石和肥胖的风险；而吃得过饱或者摄取过多的脂肪、蛋白质，容易造成胃肠道的负担，也会带来很多疾病隐患。

走捷径也是年轻人喜欢干的事。相比求稳，年轻人更喜欢求快，喜欢立竿见影。快餐的选择、饮食的无规律、暴食暴饮等不良的习惯，同样困扰着他们。饮食上，和传统的五味调和相悖、和正常饮食时间相悖、和季节饮食相悖，必然会引发健康问题，让年轻人付出巨大的代价。

无辣不欢符合年轻人追求冒险和刺激的精神，而过辣的食物会造成食道和胃黏膜的损伤。2015 年的一份调查显示：对比 30 年前的数据，近 5 年 19 ~ 35 岁年轻人的胃癌发病率高了一倍。中国的肠胃病患者低龄化趋势严重。35 岁以下的年轻人患胃癌的比例占总数的

忙碌制作的和等待喝饮品的都是年轻人

休闲、时尚是年轻人的生活主旋律

6% ~ 11%。同时过咸的食物会造成肾脏的负担，同时还会诱发高血压和水肿，造成心血管的负担。吃糖过多不仅仅导致发胖、龋齿、钙质流失，甚至对睡眠都有一定的影响。不少“网红”食品中，盐分、糖分等含量远远超过了人体一天正常的摄取量。过度追求口感，对于健康的危害非常大，这些往往是年轻人容易忽视的。

所以，调整膳食结构，养成良好的饮食习惯，最大限度地培养高素质的健康人群，关系到年轻人的一生和中华民族整体素质的提升。

真正的养生，是良好的生活方式！只要年轻人认真地吃好一日三餐，不过分追求新奇，均衡饮食，就能享受美味健康的生活。

8. 吃好，一直到老

人们常说的一句话就是“我老了”，但在现实情况的冲击下，我们不得不发出要好好活着的感叹。善待一日三餐，既考虑客观的年龄变化，也用良好的饮食方法来应对年龄变化。有了健康的身体，才能享受美好的人生。

如果说年轻人在放纵地饮食，中老年人则在过于谨慎地养生，其实这都是需要合理调整的。饮食是中老年人幸福安康的保护伞和守门神。在吃什么的问题上，要注意的是，因为老人肠胃消化分解机能衰退，加上咀嚼功能弱化，所以即使与年轻人吃相同分量和内容的食物，其对营养的获取也会远少于年轻人，因此中老年人不但不应少食，或吃过于清淡的食物，而应该适当多补充点鸡肉、鱼肉、羊肉、牛肉、瘦猪肉以及豆类制品，以及鸡蛋、牛奶等优质蛋白，这些营养丰富、容易消化的食物对中老年人非常有益。消化功能差的中老年人，可以用鸡汤熬煮蔬菜，吃面包加个鸡蛋都是增加营养和蛋白质的有效做法。

中老年人免疫功能下降，对增强免疫力的富含维生素C的蔬菜要多吃，蔬菜中含有较多的纤维素，对保护心血管和防癌、防便秘有重要作用。中老年人每天的蔬菜摄入量应不少于 250 克；两餐之间适当吃点水果，水果中的水溶性维生素和微量元素对营养的均衡有很大的帮助。另外中老年人由于身体代谢变缓，饮食应少甜，适当补钙，注重补水，适当吃点动物油脂，特别是猪油，能促进胆汁的分泌，肠道蠕动，防止骨质疏松，增强神经传导，防止中老年痴呆。

中老年人味觉灵敏性减弱、食欲较差，吃东西常觉得口味差，因而在怎么吃的问题上，要有方法。

首先从营养的角度来说，要吃杂一点，蛋白质、脂肪、糖、维生素、矿物质和水是人体所必需的六大营养素，这些营养素广泛地存在于各种食物中。为平衡吸收营养，保持身体健康，各种食物都要吃一点，如有可能，每天的主副食品品种应保持在 15 种左右，同时适当地吃粗粮有助于肠胃的蠕动。饮食上要注意饭菜色、香、味俱全，这样才能诱人食欲。

食之以衡

其次饭菜的质量要好一点，中老年人体内代谢以分解代谢为主，需用较多的蛋白质来补偿机体的消耗，所以饭菜的质量要好。

再者进餐的次数适当可

以多一点，由于中老年人肠胃消化能力差，所以进食的数量要少，过分饱食对健康有害，尤其是晚餐，太过丰盛的晚餐还会破坏人体正常的生物钟，容易使人患上失眠症。

还有就是吃饭的速度可以慢一点，中老年人身体健康的基础就是能吃，中老年人习惯于吃快食的习惯要改变，要学会慢吃，因为细嚼慢咽可以减轻胃肠负担，促进消化。另外吃得慢些也容易产生饱腹感，可以防止进食过多影响身体健康。

最后就是适当多吃自己喜欢吃的，随着年龄的增长，人的嗅觉和味觉都会发生变化，切记要吃自己喜欢吃的食物，要用好肉、好鱼、好菜、好油善待自己的身体，保证身体必需的营养。身体健康，意外来得才不会那么的突然，这也是智者、强健者的“高寿方略”！饮食上，有时候只需要做出一点点改变，就能获得几倍的健康。同时也要注意不能太“贪口福”，抵挡不住美味佳肴的诱惑，结果越吃越胖，吃出了高血压、血脂异常、脂肪肝、糖尿病。中老年人，在吃上把握度很重要。

中老年的饮食是很重要的方面，但是要有一个品质好的生活，还需要其他方面的配合才行，对生活要充满信心，保持乐观，培养健康的心理。尽量做到心胸开阔、情绪乐观，尽量发挥自己在知识、经验、技能、智力及特长上的优势，寻找新的生活乐趣，学习新知识，使生活更有意义。活到老、学到老，到老都好吃，不仅是一种心态，更是一种幸福人生。

有人说，一个人幸不幸福，关键要看晚年时的生活是否安心快乐，而非年轻时经受了多少苦难，晚年幸福，那才是真正的幸福。幸福生活是什么？是秋天看见漫天飞舞的红叶，拉着长长的影子在夕阳里散步。**吃，到老都是一件重要的事情，唯有美食可以伴随我们的一生，**所以我们必须诚心实意地善待美食。

漫天的红叶，美好的生活

夕阳无限好

9. 清淡饮食和养花的哲学

大家听得关于清淡饮食最多的话应该是在医生那里了，不管是中医还是西医，当身体出现状况的时候，医生总会叮嘱你要“吃清淡点”。可能一般人理解的清淡就是少吃点大油大荤的食物，少点盐，甚至误以为清淡就是吃素，而清淡真正全面准确的意思可能大家不一定了解得很清楚。

清淡饮食这个概念，目前并没有权威的解释与说明，但大家达成共识，其最主要是指“讲求膳食平衡，口味清淡，最大可能地保持食物的营养价值”。

为什么要重视清淡饮食？一是应对突出的公共疾病的发生。随着人们生活水平的提高，“三高”问题影响着全球人类的健康。中国是世界上高血脂、高血压、高血糖“三高”人数第一的大国，这使得清淡饮食越来越被人们重视。二是健康身体和养生的需要。油腻肉食在中医上属肥甘厚味，消化吸收缓慢，容易积聚于体内，滋生内热，导致便秘、色斑、痘痘、暗疮、口臭等问题。最重要的是还会使人发胖，清淡饮食则能够满足大家健康、瘦身的需求。《黄帝内经·素问·藏气法时论》提到："五谷为养，五果为助，五畜为益，五菜为充，气味合而服之，以补精益气。"五谷才是养育我们身体的，水果、肉类（畜）、蔬菜等都是作为人体的补充，这是养生的需要，于身体有补，于身心有益。

清淡饮食是膳食平衡的基础，其标准是：少脂（每天烹调时油的摄入量要控制在 25 ~ 30 克）、少糖（每天糖的摄入量应控制在 50 克以下，最好不超过 25 克）、少盐（成人每日摄入盐量应不超过 6 克）、少辣、食物均衡化（平均每天摄入 12 种以上食物，每周 25 种左右），保证身体的全面营养。

每个人还要根据自己的体质来合理地选择食物，这样我们才能感受到美味，否则体寒之人却多食生冷，体热之人却多食热性食物，适得其反，引起身体不适，那享受美味又何从谈起呢？

哪些人适合清淡饮食？应该说清淡饮食适合所有的人群，清淡饮食无病康体，有病防病，只不过一些特殊年龄的群体更适合清淡饮食，如婴幼儿、儿童、减肥人群、中老年群体。对清淡饮食，在日常生活中还要防止进入以下几个误区：

第一，清淡饮食要做到荤素搭配。全素未必健康，肉食未必会发胖，像鱼、禽、瘦肉以及蛋类富含优质蛋白质、脂溶性维生素、维生素 B 族和矿物质等重要营养元素，是平衡膳食的重要组成部分，荤素搭配，瘦身不累，粗细搭配，营养翻倍。第二，清淡饮食还要做到适量吃盐。少吃盐并不等于不吃盐，人体缺钠，会出现头晕、乏力等症状，长期缺钠甚至会导致低钠综合征。过多的氯化钠会增加患高血压、中风、心血管疾病的风险，但是过少，也会造成肌肉抽筋、头痛，恶心等。第三，清淡饮食要做到合理用油。许多脂溶性维生素都是需要通过食用油来摄取的，关键在于怎么聪明地用油，教大家一个窍门：炖煮菜用大豆油、玉米油、葵花籽油；炒菜用花生油；凉拌适合用橄榄油、茶籽油、亚麻籽油。不同的油脂轮换着吃，是一种健康和聪明的选择，这样可以让人体的营养吸收得更全面。第四，清淡饮食要做到适度控制糖的用量。所谓“无糖食品”实质上是“未加蔗糖的食品”，食物中原有的糖类成分依然存在。无糖只代表这种食物不含蔗糖，它极有可能含有其他种类的糖，比如麦芽糖、葡萄糖等，很多吃起来酸、咸的食物，很有可能含有不少的糖。选择无糖食品时，一定要慎重，需要擦亮眼睛，不要受广告的误导。第五，清淡饮食要注意味道适度。重口味的食物如薯片大部分都添加了过多的调料，如盐、味精等，有的腌腊制品含盐分高，长期食用会对肠胃造成刺激，引发肠胃紊乱等。生活中，做菜时我们可以适当用醋来降低少盐在味道上的不适，用起锅前最后放盐等方法来减少盐的用量。

在烹调方式上，蔬菜采用白灼、蒸、凉拌的方法，减少“炒”的频率。肉可以用蒸、炖、煮和烤的方法，代替油炸、油煎。我常说的一句话就是“蒸出来的都是营养”，蒸对食材的新鲜度要求高，又能保持食材的营养价值，实为清淡饮食中烹饪方法的首选。

清淡饮食是相对肥甘味厚的油腻、甜腻、过咸、味重的高热量食物而言的。养花的人都知道，浇花的水和营养肥料要适度，花盆积水过多，肥料过重，势必将花淹死，所以有时候需要给花盆打孔排水，营养肥料也要用水稀释后使用。而肥甘味厚的重口味的饮食就好比用过多营养肥料和积水过多的花盆养花，过多的营养势必引发人体的健康问题。而清淡饮食也就是给人体这盆花少浇点水，用适度合理的营养以保证它枝叶繁茂。擅长养花的人没有不重视排水和花肥问题的，而清淡饮食，不也蕴含着一样的道理吗？

花草“雅之最”的菖蒲

10. 喜怒哀乐常有时，食物相伴总关情

食物和情绪的关系，一般不为人所关注。我们更多的感受是一顿美食后舒畅的心情，心情不好的时候，想要来一罐啤酒，或者是吃完某些食物后心情能得到平复，大家可能认为情绪变化是吃东西这个行为带来的，很少有人认为情绪变化与食物本身有关。其实有一个有趣的现象：当我们坠入爱河，往往没有食欲；薄荷使人感到振奋，巧克力让人产生甜蜜的感觉，辛辣的食物让人感到兴奋。这些都是食物和情感存在联系的有力证据。情绪不仅影响着我们对食物的选择，甚至食物反过来也会影响情绪。我们可以从一个人的饮食爱好，窥探出他的情绪变化，看他是否开心和快乐，也可以通过食物化解一个人的忧郁和伤心。

食物对情绪的影响，有着科学的依据，有研究认为，人体 70% 的疾病是与情绪有关的，而疾病和营养物质紧密相连；而营养物质是通过营养神经递质，传递诸如焦虑、忧郁、警觉、轻松等各种各样的情绪信息，最终影响人们的情绪。营养物质对人的情绪影响往往不是单一的，它往往是相互作用的结果，蛋白质是神经递质传导的基础，

维生素和矿物质则是关键，只不过在对情绪的作用上，不同营养物质有所侧重。

蛋白质能够促进大脑中去甲肾上腺素和多巴胺的生成，从而起到缓解精神压力、提高记忆力和理解力的作用。碳水化合物引发胰岛素清除血液中的所有氨基酸而只留下色氨酸进入脑细胞，从而成为大脑情绪的关键调解者。对情绪具有影响作用的主要有 B 族维生素、维生素 C、D、E 等。其中维生素 B1、B6、叶酸可缓解忧郁；泛酸与维生素 C 可减轻压力；烟酸和维生素 D 可平缓情绪、消除焦虑；维生素 E 帮助脑细胞最大限度地获取血液中的氧，使脑细胞活跃起来。而矿物质中，钙有利于平缓情绪；铁有助于克服紧张、焦躁状态；硒能帮身体补充精力，令人振奋起来；锌能够抑制忧郁情绪，并提高人的注意力；镁具有安神和抗忧郁的作用。每一种营养物质都有自己的作用，看来吃好一日三餐，选对食物，不仅是吃饱和吃好的需要，也是人精神健康的需要啊。

另外食物的口感对情绪也有一定的影响，这表现在不同的食物口感显示了不同的情绪体验，比如想吃松脆食物的人试图从愤怒和紧张的情绪中解脱出来；那些渴望吃顺滑食物的人是在害怕或羞愧这两种情绪中挣扎，他们想寻求安慰；渴望吃有嚼劲食物的人表明内心有一种复杂的情绪，包括恐惧和愤怒。虽然这背后有着科学依据的支撑，但我认为这些更多地说明了味道最终是一个心理游戏罢了。

类似的还有食物中的特殊物质和气味对情绪的影响。当你失恋时，巧克力中含有一种叫PEA 的化学物，有兴奋作用，能抑制失恋的痛苦。

薄荷能舒缓神经、补充体力，心情不好的时候，吃块薄荷糖能让人全身放松，豁然开朗。德国一项对大蒜的研究表明，吃了大蒜丸之后，感觉不疲倦、不焦虑、不容易发怒。荷兰莱顿大学认知心理学系的研究者发现，食物可以改变我们与社会打交道的方式，有的食物可以促进人们的慈善捐赠行为，可以让人的心情稳定、更愉悦，更加慷慨。

据美国《科学世界》报道，美国心理学家辛西娅·博尔女士参考了500多份病例资料，围绕食物与精神状态之间的关系展开了细致的观察。研究显示，就餐者也许可以通过改变饮食来控制自己的情绪。

饮食是可以改变情绪，但如果负面情绪严重，就需要寻找心理医生了，要在心理医生的指导下，调适自己的情绪。

一首歌曲，有好心情的陪伴会更动听；一篇文章，有好心情的存在会更感人；走一段路，有好心情的同行会更轻松；画一幅画，有好心情的鼓舞会更迷人；一道美食，用好的心情去感受，能化解人的不如意，让你更加坦荡和豁达。不乱于心，不困于情，不畏将来，不念过往。

快乐

焦躁

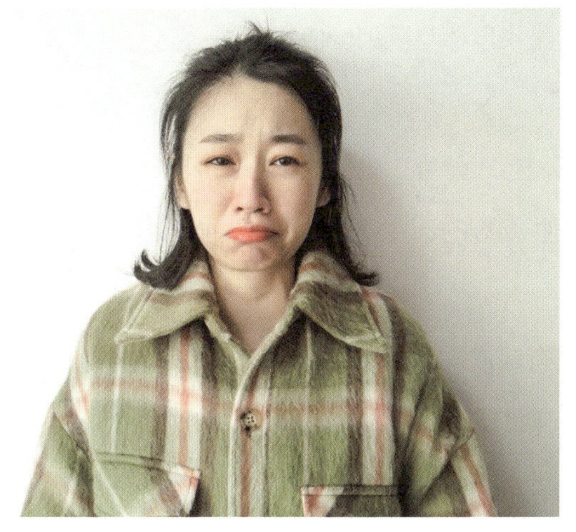

沮丧

生气

11.“摄养于无疾之先”的食疗体验

“药补不如食补”源自李时珍《本草纲目》，“医食同源”是老祖宗留下的宝贵遗产。补什么，怎么补，其实是有讲究和学问的。李时珍力主“寓医于食”，就是通过食物来发挥其药用价值，这些食物对人体而言既有营养，又可治病强身。

虽然中药的补益作用明显，但“是药三分毒”也是大家的共识，长期食用药材势必会导致人体出现一些相应的不良反应。同理，摄入过量的维生素也会对人体造成危害。

饮食是人体健康的重要保证，只有保证人体每日所需营养，人体才会健康。这也是国家在之前的膳食平衡的基础上，提出《“健康中国2030”规划纲要》的原因。单从这一点来说，“药补不如食补”是不言而喻的。人生病是因为人体的免疫机能下降，食补很重要的作用就是增强人的免疫力，即使是病重的病人，也一定要吃好，药虽然能救人性命，但健康却一定需要食物来维持。

食补更多地遵循了传统中医的思想和理念。举个简单的例子，一个有食欲不振、倦怠乏力、气短懒言等疲状的气虚体质者，就可以通过“食补”来达到补气的效果。适量食用羊肉、牛肉、猪肉、蛋类、奶制品、花生、核桃、松子等具有补气效果的食物，能有效改善气虚的体质。只要不是非常严重或长期存在的气虚，在经过“食补”之后，症状可以很快得到缓解。但食补也是要讲究方法的，不能盲目地补益，如果不针对人的体质特征，则很可能会导致不良的后果，这点我们在“发物和忌口”一节中有所说明。

在选择食补或药补进行调理的时候，还应掌握正确的方法。首先，应注意先食补，再药补，如果食补无效，才可进行药补。其次，对于不同的病症应遵循“辨证施治”的原则，以药、食相结合，对症施用，才能安全而有效地起到补益效用。

我本人属于典型的体寒体质，冬天手足冰凉是常有的事，身体也属于比较敏感的一类，但食补的效果在我身上十分明显，我是适合食补的一类人群。冬天手脚冰凉时，一碗热汤，一顿羊肉和牛肉，都会让我手足暖和起来，那种效果可以说是立竿见影的。羊肉有补中益气、养肝明目、治虚劳寒冷、五劳七伤等功效，冬季是进补羊肉的最佳时节，吃羊肉、喝羊汤最能补充人体之亏虚。当然给胃留出三分余地，才能达到进补的目的。我可能是交感神经比较敏感的缘故，只能喝熟茶，不能喝咖啡和生茶；对燥性的食物，我的身体反应十分强烈，食用燥性的食物，如洋葱、大蒜、辣椒，头上长“火嘴子”是时常发生的事情。对牙痛和脓疮之类的中医认为的“上火”的小毛病，我常常用的食疗方法，一是控制辛辣食物的摄入，二是多喝几碗绿豆汤，将热毒褪去。当然，白菜、萝卜、豆腐等平性或者凉性的食材，都有利

补气养血的人参乌鸡汤

于疾病的好转和身体的恢复。苦瓜、荸荠、百合、藕、竹笋、空心菜、马齿苋、河蟹、海带、甘蔗、梨、西瓜、柿子、香蕉等对热毒也是有效的。

对咳嗽的食疗方法，大家都是很有经验的。咳嗽加重的期间，凡是咸的、辣的、甜的都是忌口，否则只会加重咳嗽的症状，甚至多日不见好转。食物上，中医有“鱼生痰、肉生火”之说，而清淡的稀饭和面条在这个时候都是首选的食物。至于民间的冰糖百合、冰糖雪梨、红枣莲子等之类的止咳的食疗方子也是有所帮助的。大家千万要记住，食补一般都是病情恢复过程中的辅助疗法，真有大的问题时，还是去医院看医生。

在食疗的认识上，近代医家张锡纯曾指出：“（食物）病人服之，不但疗病，并可充饥；不但充饥，更可适口。用之对症，病自渐愈，即不对症，亦无他患。”只不过，按照我们的食疗体验，最后一句话，

红枣是煲汤的要素

应该改为“若不对症，亦有他患”才是。食物吃对而不吃错，是食疗的基本原则。食疗治病是一个方面，防病也是很重要的内容，而“治未病”才是扁鹊说的“上医”，某种程度上说，我们吃好一日三餐，不就是自己的“上医”吗？

12. 吃肉香来喝汤鲜，大快朵颐舔唇边

一碗极品好汤，增一分则味浓，淡一分则味寡，恰到好处的汤总是给人沁人心脾的感受，温暖从胃到心，唇齿留香，说好汤是灵魂之汤一点也不为过。古人有“宁可食无馔，不可食无汤”的说法。

广州人喝汤既有历史，也有讲究，光是那药材就叫人眼花缭乱，一年四季，无汤不成席，这一点和湖北的逢席必有汤有点异曲同工之妙。

广东的煲汤受到大众的欢迎，广东菜走出去的战略，让我们在家门口也能品尝到正宗的广东煲汤。我经常去顺风汤馆喝汤，乌鸡灵芝红枣汤是我必点的。往往中午开市时去喝，汤的味道就会略差点，就是我们说的，汤往往是淡一分则味寡。有次晚餐时去喝汤，乌鸡灵芝红枣汤那浓浓的味道令人难以忘怀，汤的清鲜有种深入灵魂的感觉，滑嫩的鸡肉蘸着带点辣椒的酱油吃，咸中有鲜，有种让人腹胃瞬间得到满足的感受。有了这个经验，我就常常晚餐时再来喝汤，比午餐刚出来的鸡汤好喝许多，那浸出物的增多，使汤有了灵魂。

广东的老火煲汤，也是广东主妇的拿手菜。汤往往一煲就是几个

广东人喜用药材煲汤来养身

小时甚至十几个小时，因为传统上认为汤煲得越久，营养越丰富，特别是妈妈们为了给孩子补钙，喜欢煲骨头汤，其实喝骨头汤补钙是缺乏科学依据的，两斤猪排骨中含钙约 80 毫克，况且对于猪骨头中的钙人体吸收率低，我计算了一下，一碗骨头汤里面的钙约 2 毫克，按 4 岁儿童每天需要 800 毫克的钙计算，每天需要喝 400 碗骨头汤才能满足需求。所以家长们其实天天煲汤给孩子喝效果是不佳的，只会占据胃部的空间；给孩子补钙，可以提供奶类、豆类、海产鱼类以及绿色蔬菜等含钙丰富的食物。

有的人喜欢饭前喝汤，其养生的观点是“饭前喝汤，苗条健康”，对于这个观点，无所谓对不对，在营养学界也没有定论，我个人的看法是饭前喝汤，要看喝什么汤、喝多少汤，确实餐前一小碗汤能够提醒肠胃开始分泌消化酶，为食物消化作准备，若是喝一大碗，有可能使胃中的消化液被稀释，反而导致消化不良，这样的话苗条是没有问题的，健康却谈不上了。

吃肉是大快朵颐，汤鲜是舌舔唇边。大家常说的吃肉不如喝汤，到底事实如何呢？其实食材中含有水溶性的营养素和非水溶性的营养素。食材中的部分水溶性维生素C、矿物质会进入汤内，非水溶性的蛋白质有90%至93%仍留在肉里，汤里的营养不足一成 。显然吃肉不如喝汤从营养角度来说是误解，此外，因为肉中含有大量脂肪，在炖制过程中脂肪会溶解在热汤中，有时大家喜欢的乳白色的汤，其实就是脂肪乳化作用的反应，多喝汤容易让血脂升高，对心脑血管健康不利，同时，肉汤中嘌呤含量高，嘌呤代谢失常的痛风病人和血尿酸浓度增高者应谨慎喝汤。但对于中老年人和疾病恢复期的人，适当喝汤，更有利于营养的慢慢吸收，也是有所裨益的。

喝汤要适量，如果确实有每天喝汤的习惯的话，那么其他饭菜就应该尽可能清淡一些，多吃一些蔬菜，不要喝太烫的汤，不管是喝热汤还是喝热水，如果喝太烫的话会增加患食道癌的风险。

中国人对吃喝的热衷，不仅体现在会吃上，更体现在文化的传承上。对于吃肉不如喝汤，有的人说，面对鸡汤文章，若想真正地修炼自己，并超越自我，自己必须主动地只“吃肉”，不“喝汤”； 有的人说，触犯了法律的红线，无论是“吃肉”还是“喝汤”，都会受到惩罚。中国人的人生感悟都可以从饮食里找到，不仅通俗易懂，而且很是贴切，因为我们对美食的感受总是那么刻骨铭心。

吃肉不如喝汤，是喜欢汤的人的偏好，而正确的方法是既要喝汤，也要吃肉。但从味道的角度来说，那闻着就特别香的汤，浅尝一口，会让你浑身一颤，唇齿间荡漾着一种难以言喻的香味，那香鲜醇美的味道，会让你张开口：好鲜！更让你不禁深吸一口气：好香！

尝一口鲜，闻一下香的鸡汤

13. 分餐有位，健康无边

一场全球大流行的疫情，使人们又提起了分餐的话题。我国早在周、秦时代，就已经实行“分餐制”了，只是到了唐代，才逐步演变成合餐的“会餐制”，实际上分餐制比合餐制要早出现 1000 多年。在古代，人们一般都是席地而坐，面前有低矮的小食案，一人一案或者一人一份。大家熟知的汉代《史记·项羽本纪》里描写的鸿门宴的场面就是典型的分餐制。

魏晋南北朝时期，由于少数民族入主中原，西域胡风饮食对中原的饮食有所影响，在原有的分餐制习俗下，合餐制开始出现，唐代中后期，唐代人进食是以合而分餐的形式。南唐顾闳中的《韩熙载夜宴图》就描绘了这样的进食形式。这种会餐为名、分餐为实的方式中，每人有一套餐具，公用的馔品必须要用公共的餐具拿到自己的餐盘里才行，这说明古人的进食方式还是十分讲究的，时至今日，对我们仍有十分重要的借鉴意义。宋代以后，真正的合餐制才在饭店出现。

古人的饮食不仅讲究礼仪，而且十分注重卫生。孔子说：“夫礼之初，始诸饮食。”《礼记》中有“共食不饱，共饭不泽手”的礼仪，

《韩熙载夜宴图》（局部）

即在用手吃饭的时候，不能只顾自己吃饱，手上不能有汗，应讲究卫生。

传统的中餐多采用围桌聚餐的合餐制，而西餐多采用分盘而食、人各一份的进餐形式，可称之为分餐制。分餐制能更有效地减少传染病的传播。现在有些家庭也推行分餐制。这首先出于卫生的需要。分餐制能较大限度地降低消化道疾病传染的概率；分餐制还利于大家庭的和睦，能较好地解决老人吃饭相对比较慢、年轻人吃饭快、小孩子吃饭容易挑食的问题；分餐制还有利于家庭成员的口味调节，同样的饭菜，老人喜欢吃软、烂一些的，年轻人则喜欢吃相对硬和脆一些的，孩子喜欢吃生冷一点的。分餐时还可以根据个人食量来分食，避免浪费。现在许多高级餐厅和创意美食餐厅用的就是典型的分餐制。

说到分餐制，大家可能还是放不下合餐制形式，其实如果把分餐制和合餐制进行比较，再深入到社会文化层面做相关研究，就会发现

分餐制

合餐的好处有很多呢！就吃火锅而言，分餐就是个问题。不同的进餐方式对社会行为和文化的影响是巨大的，也促成了人们不同的心理模式和行为模式。合餐制恰恰契合了中国传统文化中合家团圆的思想，蕴含着饮食文化的情趣，吃饭已经不仅仅是为了满足机体的热量补充，更重要的是，通过聚餐人们的精神和情感需求得到满足。大家互敬互让，这拉近了人们之间的亲密关系。饭菜的选择上还需要适当顾及他人，这便体现着对别人的关心、照顾以及谦让的美德，进而增进了人们之间的凝聚力和整个社会的和谐。

的确，合餐制也会带来一些健康上的问题，俗话说，病从口入，大家餐桌上觥筹交错，谈笑风生，唾液横飞。现在大型的餐厅也基本会准备公筷，但是有些热情的人往往在夹菜的时候，会先说上几句话，再把菜递给客人，这极易传播病菌。一些消化道细菌可以通过唾液传播，如幽门螺杆菌，会引起胃胀、胃痛、口臭、食欲不振，这是最容易被忽视的疾病。孔子在《论语·乡党》中早就有“食不言，寝不语”的提示，这是有一定道理的。最常见的感冒在共餐的情况下，相当于又多了一个传播途径。更可怕的是，合餐的人中还有痢疾、疱疹等。而分餐制较好地避免了这些疾病的传播。

从分餐转为合餐，是社会整体文化发展到一定程度的结果，而分餐制的再次提出，不是传统饮食文化的倒退，而是希望人们在尊重传统饮食文化方式的基础上，采取健康的进食方式。进餐形式有合有分，我觉得不失为一种恰当的改良方式。在家庭里，大家可以分筷分碗，公筷选食；出门在外就餐时，菜品旁边添一副分餐用的公筷或公勺，用餐时用公筷或公勺去盘子里夹菜吃，和吃饭不发出声响一样被纳入用餐的礼仪表现之中。就像喜欢喝茶的人士，都是自己带个茶杯去喝茶，有饮食洁癖的人士，自己带个筷子可能是不错的选择。其实我们平时在外常吃的自助餐和套餐均属于分餐制。

人教人不如事教人，2003 年的“非典”，2020 年的“新冠”肺炎，给我的警示是深刻的。合餐形式下的分餐制既不失传统中以和为贵的文化传承，又能顾及人的健康需求，是时候被提上议事日程和实践之中了。

人生的事就是这样，分分合合，合合分分。合餐还是分餐，从古至今，都有自己的道理。只是事情到了该分的时候，**人必须要学会告别，唯有告别，才会有新的开始、新的气象、新的收获。**学会告别，寻找更好的自我，是我们一生的事。

14. 养生之术，长寿之道

我在全国各地讲学时，大家经常希望我能讲讲如何养生，我总是坦诚地给大家说，我可不是什么养生专家，但可以通过“知食”的力量给大家一点养生和长寿方面的启发，如果我讲的内容，有那么一点打动了你，触及你的灵魂深处，进而改变你对生活的态度和对长寿的理解，那可能就是你想要的最好的答案了。

历史上养生方面的著作有唐代孙思邈著的《孙真人养生铭》、元代李鹏飞著的《三元延寿参赞书》、明代高濂著的《遵生八笺》等。元代养生名著《三元延寿参赞书》认为，影响人类寿命的因素有三：精神（天元），起居（地元），饮食（人元），“天元之寿，精气不耗者得之；地元之寿，起居有常者得之；人元之寿，饮食有度者得之”。

养生的目的是延年益寿，康健无疾。对人可以活多久，《黄帝内经》认为是 100 岁，如《素问·上古天真论》里说：“而尽终其天年，度百岁乃去。”《礼记》称百岁为“期颐”。人的寿命应该是 100 ~ 120 岁。根据保险界通行的年龄风控计算模型冈珀茨模型估算，人类的实际寿命在 125 岁左右。现今世界上人口平均预期寿命最长的国家的这一数值约是 83 岁，延年益寿是全世界面临的一大问题。人们有各种不良的生活习惯，比如连续加班不休息、熬夜、酗酒、抽烟等，还有不良的饮食习惯，如暴饮暴食、偏食，喜欢精细化食品，喝饮料无度，等等。一句俗语说得好，“冰冻三尺非一日之寒”，很多疾病都是由不好的习惯累积导致的，从而影响人的长寿。不过我们也欣喜地看到，有的年轻人摒弃了 “年轻就是本钱，养生等到年老时再考虑吧！”的错误观点，90 后、00 后的年轻人一边享受着美食，一边开始了养生。

古人在养生上强调的是要顺应自然，强调“天人合一”，老子讲“人法地，地法天，天法道，道法自然”，这个自然，就是自然而然。现在大众认为的养生，还只是停留在健康的基础上，认为吃得健康一点，运动合理一点，就是养生的做法了。真正的养生，不仅是养我们的身体，更重要的是滋养我们的心神和心智，涵养我们的生命，真正的养生应是“身心双修”的养生。

而在养生的具体方法中，大家比较认同的观点是：一，起居有时，春夏养阳，秋冬养阴；二，饮食有节，饥则伤脾，饱则伤胃；三，运动有度，量力而行，动静结合；四，调节情志，恬淡虚无，静心养气；五，滋补有时，补得其所，补得其法。

养生和长寿如此相关，就像一对孪生兄弟。延年益寿已经成为人们关注的话题，而长寿的秘诀之一就是要乐观、聪明，衰老是被外界灌输的概念，自我感觉年轻是长寿的要领之一。走路快和聪明的人都长寿，因为肌肉也决定我们的寿命。有调查表明，小声说话，也是长寿的秘诀。

有的爱好有助于健康长寿，坚持学习新的事物如书法、音乐、舞蹈、京剧等文艺技能，做得一手好菜，懂得食疗养生，懂得适度锻炼，坚持两种以上体育锻炼，懂园艺、手工艺……这些爱好和习惯都有助于延年益寿。爱好无先后，关键在于喜欢和持续，当你心中有执着追求的东西的时候，你就会内心坚定，把对衰老的恐惧抛弃得无影无踪，就像逾百岁的日野原重明老人在《活好》一书中说的，我每天有做不完的事，我的每一天都充满了希望和美好。如何活好，一是不在乎身外之物，二是不在乎他人评价，三是顺其自然，不要勉强。

泱泱几千年中华文化，无论是儒家的“修身、齐家、治国、平天下”，还是佛家的“禅定、静心、随缘、正觉”，抑或是道家的“天人合一”之理念，都归于自我调理，心净无染，顺应自然，最后达到“四时养生，天人合一”的境界。演绎生命，物我两忘，颐养天年。

健康和长寿不是必然相关的，因为有的人带病生存，一样长寿。而养生的目的是为了健康地长寿。从这一点来看，我 86 岁的父亲给了我很多启示。他一生喜欢做美食，养老院的饭菜无法满足他的需要，他宁可回到家里，自己料理生活，吃好一日三餐。他知道，吃好一日三餐就是健康的保证，就是最好的养生。有的人说，**我们拥有健康，并不是为了长命百岁，而是为了享受我们拥有的美好时光。**

科学的发展，已经为人类长寿的梦想打开了大门。当一个人带着好奇的心态、欢喜的心情吃好一日三餐，长寿可能就离你不远了。

后记

《吃的智慧》搁笔，正是春暖花开之时，令人如释重负又充满希望。在写书的过程中，对“活着”这个人生终极话题，我有了深深的反思。儿时的经历教育我们“吃饭是为了活着”，而今的阅历让我明白“吃饭是为了活得更好”。当今我们将吃和人的情感、生命联系在一起，和责任、爱连接在一起。美食在超越了欲望的时空里，充满了人间的烟火；在追求感官愉悦的唇齿间，引人洞悉人生的智慧。“仓廪实而知礼节，衣食足而知荣辱”，普通百姓的美食生活也从侧面反映出一个国家的文化传承，一个时代的精神风貌。美食平台风起云涌，“网红”餐厅层出不穷，美食达人万众瞩目。新生代美食的愉悦与创意、生长与更迭，传统饮食的坚守与传承、辩证与挖掘，也令这个大时代更多元、更有趣。《吃的智慧》（原名“慧吃”）能在这样的时代出版，实乃幸事。

美食的大千世界中，充满着生活的热力和温暖，隐藏着无限的生趣。本书限于篇幅，只能先抛砖引玉了。《吃的智慧》围绕美食话题，从不同角度，阐述了美食生活

正是春暖花开时

的情趣和智慧。不嗜烟酒的我，有着敏感的味蕾，恰好可以深刻地感受那美食背后的真情和藏匿在一道道美食之中、反映出当代社会百态的众生相。我通过文字的力量，努力让美食不仅适人口，更能释人怀。在这个过程中，我自己也获得了莫大的乐趣。

本书涉及的美食有100多种，俨然一桌盛宴，书中的图片大多是自己多年来的积累，美食的记录都是自己的亲身经历和感悟，所以写的时候有如数家珍的畅快。其中有的美食秘籍还是自己第一次公布，也算是对读者的敬意了。

这本书能最终出版，得到了很多朋友的支持和鼓励，没有你们的关心，自己向往的美食之著是难以完成的。华中科技大学出版社编辑的真诚帮助和专业严谨，令我敬佩，给了我很大的激励，让我将多年所学、所感、所得变成铅字，有缘在网络发达的时代与热爱美食、喜欢纸质图书的朋友们分享本书。

无边的食事，总能激起人的遐想和对生活的热爱。写作的过程中，好多的情思都在涌现，待今后有缘再和大家分享吧。由于时间仓促，书中难免也有瑕疵和挂一漏万之处，还有待大家的指导。欢迎大家关注“鼎中智慧”公众号，或发邮件，留下你的美食故事，我们一起“食话食说”。

远看书房外球场的草坪由黄变绿，感悟着人生的岁月变迁和四季轮回，感叹人对美好生活的向往就是勇敢地前行。疫情过后，我搁笔之时，书中“吃的智慧”，不仅让我大饱口福，更让我有种明白生活的真谛后豁然开朗的感觉和自在生活的轻松。我们即将开启品味美食

绿草如茵

的生活，美食带给我们的，更多的是美好和难忘，珍惜和回味。那每一口味道都是人生的享受，那每一道菜肴都是与家人相伴的幸福。在疫情期间，我吃到小区的点心师傅做的菠萝包，那带着炉温的香软，一口下去的感动，只有自己的内心才能体味。记住这个美好的时刻，美食伴随我们一生，无论风雨兼程，还是春暖花开，它都赋予我们生活的意义和美好。

也许在一个午后，你会泡上一杯茶，晒着和煦的阳光，翻上一

两页书，然后就有了制作美食的冲动或者对人生的感悟，那将是我的荣幸。

被疫情困在家的日子里，幸好有小猫“点点”的陪伴。每天我在电脑前写作的时候，它就蹲守在旁边；我在书房小睡的时候，它会趴在我的身上也打个盹儿；早上我还在睡觉的时候，它一定“喵喵”地叫你起床，让你开始一天的工作。陪伴是最深情的慰藉，亲人的陪伴如此，美食，尤其是那熟悉的味道的陪伴不也是一样吗？因为美食一样也有性格，有灵魂，有生命。

蒋勋说过，吃是一个人对食物的乞求，品味是一个人对食物或是对生活的选择，美是做回自己。选择就意味着一个人不可能什么都拥有，但拥有你已经拥有的，才是最幸福和满足的。自己能在有生之年，从好吃，到品味美食，再到传播美食文化，包括出版《吃的智慧》，我最终能找回自己、做回自己，真的是一件很美的事情。

于金银湖畔

2020 年 4 月 1 日